# 발가락 사이 쑤시기는 정말 재밌어!

| | | |
|---|---|---|
| ① 시간 습관 :<br>일찍 일어나기 | ② 식습관 :<br>편식하지 않기 | ③ 언어 습관 :<br>고운 말 쓰기 |

| | | |
|---|---|---|
| ④ 청결 습관 :<br>씻기 | ⑤ 공부 습관 :<br>미루지 않기 | ⑥ 절제 습관 :<br>게임에 너무 빠지지 않기 |

  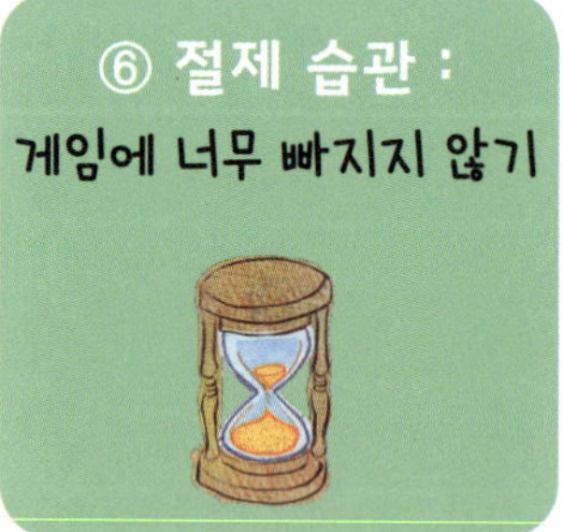

| | | |
|---|---|---|
| ⑦ 청소 습관 :<br>정리 정돈하기 | ⑧ 절약 습관 :<br>아껴 쓰기 | ⑨ 독서 습관 :<br>책 읽기 |

# 발가락 사이 쑤시기는 정말 재밌어!

상상의집

## 사랑스러운 아홉 살 친구들에게

우리 집에도 아홉 살짜리 소년이 한 명 살고 있답니다.

정말 사랑스러운 소년이에요. 하지만 가끔은 사소한 생활 습관 때문에 잔소리를 듣곤 하지요.

사람은 저마다 타고난 성격도 다르고, 습관도 다르지만 비슷한 또래 친구들을 보면 신기하게도 닮은 점이 참 많아요.

아무리 잔소리를 해도 양말을 뒤집어 벗어 놓고, 지우개는 늘 필통 안에서 가루가 되어 굴러다니고, 아침마다 흔들어 깨워야 겨우 일어나고, 숙제는 하기 싫어서 자꾸 뒤로 미루고, 씻으라고 하면 물만 슬쩍 바르고 나오고, 게임이라고 하면 자다가도 벌떡 일어나고, 싫어하는 반찬은 손도 안 대요.

모두 이런 경험 많이 있지요? 우리 집 아홉 살 소년도 아마 이 중 몇 가지는 해당될 걸요.

  그러면 이런 안 좋은 습관을 고쳐야 하는 이유를 한번 생각해 봐요. 누구를 위해서인지 말이에요! 엄마나 아빠를 위해서일까요?

  아니에요. 바로 자기 자신을 위해서지요. 사소하지만 중요한 생활 습관을 올바르게 몸에 익혀야 좀더 의젓하고 멋진 어린이가 될 수 있어요. 멋진 어린이가 멋진 어른도 될 수 있고요.

  처음부터 잘 할 수는 없을 거예요. 지금부터 조금씩 노력해서 습관으로 만들어 가면 돼요.

  천방지축 장군이, 게으름뱅이 공주, 편식 대장 나만이를 닮은 아홉 살 친구들! 스스로 올바른 습관을 만들어 가는, 멋진 모습 보여 주세요.

  기대할게요!

2012. 9. 10
글쓴이 윤정

# 차례

**1** 딱 5분만 더 잘래  **10**

시간 습관 : 일찍 일어나기

**2** 부추를 먹으면 소가 된 기분이야 **22**

식습관 : 골고루 먹기

**3** 나한테 까불지 마!  **38**

언어 습관 : 고운 말 쓰기

**4** 발가락 사이 쑤시기가 제일 재밌어! **50**

청결 습관 : 씻기

숙제는 이따가 하면 돼 ... 64

공부 습관 : 미루지 않기

30분은 너무 짧아! ... 78

절제 습관 : 게임에 너무 빠지지 않기

트랜스포머 청소부 ... 92

청소 습관 : 정리 정돈하기

지우개 전쟁 ... 106

절약 습관 : 아껴 쓰기

엄마가 골라 주는 책은 다 재미없어 ... 120

독서 습관 : 책 읽기

내 생활 습관을 점검해 봐요 ... 134

"뭐? 내가 제멋대로라고?
내 물건 내 맘대로 쓰고, 내 방 내 맘대로 어지르고,
내가 내 맘대로 말하는데 무슨 상관이람?"

"난 게으른 게 절대 아니야.
미인은 잠꾸러기라는 말 몰라? 꼭 지금 그 일을 해야 돼?
내가 알아서 할 테니까 간섭하지 마!"

"자기가 좋아하는 반찬 먹는 게 왜 나빠?
왜 엄마가 먹으라는 반찬은 무조건 다 먹어야 돼?
어른들도 안 먹는 음식 있잖아, 뭘!"

시간 습관
일찍 일어나기
1
딱 5분만 더 잘래
일어나!

공주는 일주일에 네 번쯤 지각을 해요. 한 주에 학교 가는 날이
다섯 번이니까 엄청 많이 하는 셈이지요.

하여간 아침마다 일어나기 전쟁이에요.

일어나서도 잠이 덜 깨서 밥 먹기도 싫고, 세수하기도 싫어요.

엄마한테 등짝을 몇 번 맞고서야 겨우 잠이 깬다니까요.

"넌 도대체 누굴 닮아서 그렇게 잠이 많니?"

엄마가 공주에게 물었어요.

"그거야 당연히 엄마죠."

“뭐? 엄마는 집안일 하느라 바쁘니까 늦게 자서 그런 거지.”

“나도 바빠서 늦게 자요.”

“네가 뭐가 바빠?”

“헤헤, 노느라 바쁘죠. 엄마, 그러니까 나 휴대 전화기 사 주세요, 네? 휴대 전화기로 알람 맞춰 놓으면 아침마다 벌떡 일어날 수 있다니까요.”

“어이구? 별 소릴 다 하네.”

“정말이에요. 우리 반 애들 다 그렇게 일어난대요.”

엄마가 못 믿겠다는 듯 피식 웃었어요.

“그래? 그럼 당장 우리 공주님도 휴대 전화기 하나 사 줘야겠네.”

그때, 옆에서 가만히 듣고만 있던 아빠가 불쑥 끼어들었어요.

공주는 만세를 부르고 싶었지요.

“당신 정말 그러기예요? 둘이서 짜고 이러는 거죠? 누가 ‘딸바보’ 아니랄까 봐.”

엄마는 아빠를 흘겨보았지만, 못 이기는 척 휴대 전화기 사는 걸 허락했어요. 사실 엄마도 아침잠이 많아서 공주를 잘 못 깨우거든요.

공주는 아빠와 함께 나가서 당장 새 휴대 전화기를 샀어요. 그것도 요즘 제일 인기 있는 스마트폰으로요!

몸이 둥둥 떠올라 훨훨 날아갈 것 같아요. 이제 친구들과 아무 때나 대화도 나눌 수 있고, 게임도 할 수 있고, 휴대 전화기 속 애완동물도 키울 수 있잖아요. 참, 당연히 아침에 일어나는 알람도 맞춰 놓을 거고요!

"휴대 전화기만 갖고 놀면 안 돼. 원래 목적을 잊지 마. 알았니?"

"네, 걱정 마세요, 엄마."

하지만 공주는 하루 종일 휴대 전화기만 만지작거렸어요. 처음 가져본 휴대 전화기라 그런지 모르는 기능도 너무 많고, 재미있는 것도 엄청 많아요. 다운 받을 것도 많고요!

"공주야, 숙제는 다 했니?"

"숙제요? 으악! 깜박했어요!"

공주는 그때서야 서둘러 책상 앞에 앉아 후다닥 숙제를 해치웠어요. 공책에는 괴발개발 아무렇게나 글씨를 써 가면서요.

저녁을 먹으면서도 공주는 휴대 전화기를 만지다 엄마한테 혼났어요.

"자꾸 그러면 압수할 거야!"

"안 돼요!"

공주는 밥을 후딱 먹어치우고 방으로 쏙 들어갔어요.

그러고는 침대에 누워 친구 은솔이랑 문자를 주고 받았어요.

● 은솔아, 나 스마트폰 샀어.

● 좋겠다. 나도 엄마한테 졸라 볼까?

● 그래, 졸라, 졸라! 마구 조르면 해 주셔. ㅋㅋ.

● 부모님께 뭐라고 말했어?

● 스마트폰 사 주시면 늦잠 안 자고, 지각도 안 한다고 했어!

● 우아, 좋은 방법이다. 근데 내 건 알람 되는데?

● 스마트폰 알람이 더 소리가 크다고 말씀드려! 하하.

공주는 신이 나서 여러 친구들과 문자를 주고 받았어요.

그러다 보니 어느새 잠이 솔솔 왔어요.

저절로 눈이 감겨요.

　벌써 밤 12시가 다 되었어요.

이렇게 늦게 잔 적은 처음이

에요. 물론 엄마, 아빠는

모르시지요.

“아! 알람 확인해야지.”

공주는 휴대 전화기의 알람 설정을 확인해 보았어요. 아침 7시에 잘 맞춰져 있어요.

“히히, 이것만 있으면 내일부턴 늦잠 안 잘 거다, 뭐! 너 아침에 나 잘 깨워라!”

공주는 휴대 전화기를 머리맡에 두고, 피곤했는지 눈을 감자마자 잠이 들었어요.

다음 날, 아침이 밝았어요.

공주는 알람이 울리기도 전에 눈이 번쩍 뜨였어요. 휴대 전화기를 열어 시계를 보니 6시 55분이에요.

“어? 아직 5분 남았잖아. 5분만 더 자야지.”

공주는 잠꼬대처럼 중얼거리며 다시 이불 속으로 쏙 들어갔어요. 꿀맛 같은 단잠이었지요.

잠깐 자는 사이 꿈을 꿨는데, 꿈속에서 엄마가 오랑우탄으로 변하더니 가슴을 쿵쿵 치면서 공주에게 달려왔어요. 오랑우탄 엄마는 뭔가 급한 일이 있는 것처럼 보였어요.

처음에는 그 모습이 우스웠는데 털북숭이 오랑우탄 같은 엄마가 점점 가까이 다가오니 너무 무서웠어요.

"오지 마! 저리 가!"

공주는 식은땀을 흘리며 잠에서 깼어요.

그런데 이번엔 꿈이 아니에요. 엄마가 진짜로 가슴을 쿵쿵 내리치며 공주에게 달려들었어요.

"공주야, 빨리 일어나, 빨리! 너, 알람 맞춰 놓지 않았니?"

"해, 했는데요?"

"지금이 몇 신 줄 알아?"

공주가 벌떡 일어나 시계를 보니 7시를 훌쩍 넘어 8시가 거의 다 됐어요. 집에서 8시 10분에는 출발해야 지각하지 않는단 말이에요!

"5분만 더 자려고 했는데 50분 더 잔 거야? 으앙!"

공주는 너무 어리둥절했어요.

"공주 너 그렇게 큰소리치더니 이게 뭐야? 알람 끄고 또 잤구나?"

"기억이 안 나요. 힝, 왜 나 안 깨웠어요?"

"그거야 뭐…… 엄마도 늦잠을 잤거든. 이럴 시간 없어. 얼른!"

공주는 밥도 못 먹고 겨우 세수만 하고 총알같이 가방을 멨어요.

“교과서 잘 챙겼니?”

“으악! 아니오.”

가방 안에는 책이 어제 시간표 그대로 들어 있어요.

공주는 시간표 볼 시간도 없어서 교과서를 가방에

몽땅 쓸어 담았어요.

“머리 좀 봐! 얼른 빗어.”

“으악! 엄마가 빗겨 줘요.”

“실내화도 챙기고!”

엄마랑 공주는 우왕좌왕하

며 학교 갈 준비를 겨우 마쳤

어요.

“공주야, 신발!”

공주는 슬리퍼를 신고 가다가 다시 운동화로 바꿔 신고 집을 나섰어요.

횡단보도까지 잽싸게 달려갔더니 큰길가엔 차들만 쌩쌩 달릴 뿐, 학교 가는 친구들은 하나도 보이지 않아요. 지각을 해도 이만저만 늦은 게 아닌가 봐요. 교통 안내를 해주시던 녹색 어머니들도 안 보여요. 공주 눈에는 눈물이 차올랐어요.

초록 불이 켜지자 공주는 얼른 횡단보도를 건너 학교 안으로 들어갔어요. 운동장에도, 복도에도 아무도 없어요. 너무 조용해요.

앗, 그런데 교실 문을 열려고 하니 잠겨 있어요. 지각했다고 문까지 잠그다니……. 정말 너무해요.

"얘, 거기서 뭐하니?"

그때 경비 아저씨가 복도에 나타났어요.

"아저씨, 저 지각했어요. 으앙. 문 좀 열어 주세요."

공주가 눈물을 닦으며 말했어요.

"지각? 오늘 토요일인데?"

"네?"

경비 아저씨의 말을 듣고 공주는 그때서야 알았어요. 오늘은 학교에 안 오는 날이라는 걸요.

한숨이 길게 늘어져 나왔어요.

공주는 터덜터덜 학교를 다시 나오며 피식 웃었답니다.

① 공주가 알람을 맞춰 놓고도 늦잠을 자게 된 이유는 무엇인가요?
② 아침에 일찍 일어나는 방법 중 가장 효과적인 방법은 무엇일까요?

## 생활 계획표를 그려 볼까요?

● **시간대별로 할 일을 생각해 보기**

우리는 매일 비슷한 일을 규칙적으로 해요. 시간대별로 규칙적으로 해야 할 일을 찾아 보아요.

**아침 :** 체조하기, 밥 먹기

**오전 :** 학교에서 공부하기

**점심 :** 급식 골고루 먹기

**오후 :** 학원 다녀오기, 친구들과 놀기, 숙제하기

**저녁 :** 밥 먹기, 방 치우기

**밤 :** 일기 쓰기

● **매일 하는 일과 가끔 하는 일 나누기**

밥 먹기, 일기 쓰기, 숙제하기 등 매일 하는 일도 있고 집안일 돕기, 청소하기, 강아지 씻기기 등 일주일에 한두 번만 하는 일도 있어요.

● **스스로 할 수 있는 일 생각하기**

내 힘으로 할 수 있는 일, 가족을 위해 할 수 있는 일도 생각해 보아요.

● **공부와 취미 생활을 골고루 계획하기**

하루 종일 공부만 하거나 하루 종일 운동만 할 수는 없겠죠? 공부와 숙제도 중요하고 악기 연습, 놀이, 미술, 운동도 중요해요.

# 2 부추를 먹으면 소가 된 기분이야

오늘은 수목원으로 체험 학습을 가는 날이에요.

나만이는 누구보다 정말 신이 났어요.

수목원에 가는 것도 좋지만 엄마가 만들어 주신 맛있는 김밥을 먹는 게 더 좋았거든요.

오전에 수목원 체험을 즐겁게 마치고, 드디어 기다리던 점심시간이 되었어요.

"우리 엄마표 쇠고기 김밥 맛 좀 볼래?"

나만이는 엄마 음식 솜씨를 자랑하고 싶었어요. 그래서 정말 좋아하는 쇠고기 김밥을 장군이에게 딱 하나만 맛보게 해 주려고요.

"짜잔!"

도시락을 열었어요.

앗, 그런데 쇠고기 김밥이 아니에요! 가장 먼저 노란 유부초밥이 보여요. 초밥 안에는 큼직큼직한 당근, 양파, 감자가 들어 있어요. 옆에 김밥도 한 줄 있어요. 그런데 김밥에 쇠고기는 온데간데없고 아삭아삭한 오이 대신 얇고 길쭉하고 질긴 부추가 몇 가닥씩 들어 있어요.

"오 마이 갓!"

"왜 그래? 쇠고기 김밥은 어디 있어?"

장군이가 코를 쿵쿵거렸어요.

"아이 진짜, 엄마는 내가 부추 싫어하는 거 알면서……. 아, 엄마 진짜 너무해."

"히히, 짜잔! 나는 참치 김밥이지롱."

장군이는 자기 김밥을 맛있게 먹기 시작했어요.

"나도 하나만 주라."

나만이가 살짝 다가가며 말했어요.

“우하하, 하나만이 ‘하나만’ 이랬어. 히히.”

“너, 치사하게 이름 갖고 놀리기야? 너랑 안 먹어!”

나만이는 장군이도 밉고 엄마도 미웠어요.

그래서 부추를 죄다 골라내고 김밥을 먹었어요. 유부초밥에 있는

당근이랑 양파도 다 골라냈고요. 골라내며 먹으려

니 오래 걸리고 무슨 맛인지도 모르겠어요.

체험 학습이 끝나고 학교에 도착하니,

교문 앞에 엄마들이 기다리고 계셨어요.

나만이 엄마는 안 계세요. 직장에 계실 시간이거든요. 나만이는
엄마에게 당장 따질 수 없는 게 더 약 올랐어요.

"나만아! 잘 다녀왔어?"

퇴근하고 돌아온 엄마가 물었어요.

나만이는 콧방귀를 뀌고는 방으로 들어왔어요.

“왜 그래? 우리 아들.”

“몰라서 그래요? 엄마는 나한테 무슨 채소만 먹이려고 해요? 내가 무슨 소예요? 어떻게 김밥에 채소만 넣을 수 있냐고요.”

장군이가 씩씩거리며 따졌어요.

“그럼 네가 무슨 호랑이라도 되니? 고기만 먹게.”

엄마도 이에 질세라 목소리를 높였지요.

“아무리 그래도 김밥에 부추를 넣는 건 너무 싫어요. 얼마나 맛없는데요. 우엑."

"고기와 채소를 골고루 먹어야 몸이 튼튼해지지. 넌 엄마 마음을 그렇게도 모르겠어?"

"몰라요! 엄마 때문에 오늘 다 망쳤어요. 나 화났어요."

생각할수록 화가 나요. 어른들은 왜 아이들에게 이상한 것만 먹일까요? 혹시 어른들도 먹기 싫어서 아이들에게 떠넘기는 건 아닐까요?

"오빠! 나 책 읽어 줘."

동생 나리가 책을 들고 들어왔어요.

"싫어! 저리 가!"

나만이는 괜히 동생에게 화풀이를 했어요.

"읽어 줘, 응?"

"어쭈, 오빠 말 안 들어?"

나만이가 눈을 부라리자 나리는 겁을 먹고 울음을 터뜨렸어요.

엄마한테 일러도 안 무서워요. 지금은 나만이가 엄마한테 화난 거잖아요. 조금 더 화를 내보려고요. 그래야 다음에는 꼭 쇠고기 김밥을 싸 주실 거 아니에요?

　조금 뒤 거실에서 엄마랑 나리가 웃으며 도란도란 이야기 나누는 소리가 들려왔어요.

　“치, 뭐가 그렇게 즐거운 거야?”

　나만이는 화가 조금 풀려서 혼잣말하는 척하며 거실로 다시 나왔어요.

　“오빠! 엄마가 저녁에 특별 요리 하신대. 아싸!”

　“흥, 우린 소니까 풀이나 잔뜩 베어다 주시겠지.”

　나만이가 팔짱을 끼고 빈정거렸어요.

　“아니거든요! 하나만 씨.”

　엄마가 콧노래를 부르며 냉장고 안을 들여다보고 있어요.

　나만이는 자기도 모르게 특별 요리에 기대를 품기 시작했어요. 점심 도시락도 온통 채소였는데 설마 저녁에도 그러시겠어요? 분명 맛있는 고기 요리를 해 주실 거예요. 나만이는 금세 기분이 좋아졌어요.

　“나리야, 이 오빠가 책 읽어 줄게. 책 골라 와.”

　“정말?”

　나리가 책장 앞으로 쪼르르 달려가 책을 한 권 뽑아 왔어요.

〈당근 싫어!〉라는 그림책이에요.

나만이가 목소리를 가다듬고 책을 읽어 내려가요.

편식 대장 쭈글이는 당근을 싫어합니다.

세상에, 당근을 싫어하는 토끼가 또 어디에 있을까요?

다른 토끼들은 당근을 싫어하는 쭈글이를 이상하게 생각했어요. 하지만 쭈글이는 당근을 입에도 대지 않았어요.

남들 다 먹는 당근을 안 먹어서 쭈글이는 몸이 쭈글쭈글한가 봐요.

쭈글이 엄마는 쭈글이에게 당근을 꼭 먹이고 싶어서 꾀를 내었습니다.

소풍 가는 날, 도시락 안에 당근이 잔뜩 들어간 주먹밥을 넣어 주었던 거예요.

여기까지 읽다가 나만이는 읽는 것을 뚝 멈추었어요.

"오빠, 왜 안 읽어?"

"쭈글이 엄마랑 우리 엄마랑 똑같아! 쳇. 여기서부턴 너 혼자 읽어라."

"뭐야? 갑자기 그러는 게 어딨어! 오빠 미워!"

나만이는 더 읽고 싶지 않았어요. 내용이 뻔하잖아요. 쭈글이가 그 주먹밥 맛있게 먹고 당근을 좋아하게 된다는 이야기일 거 아니에요! 누가 모를 줄 알고!

"난 쭈글이가 아니야! 절대 안 속아! 흥!"

그러고는 자기 방에 누워 저녁때까지 만화책을 보았어요.

저녁 식사 시간이 다가올수록 부엌에선 코를 벌렁거리게 하는 맛있는 냄새가 자꾸 났어요. 처음 맡아 보는 음식 냄새예요.

'맛있겠다. 아, 배고파.'

드디어 식탁에 밥이 차려졌어요.

김치랑 오이지, 두부부침, 콩나물무침, 메추리알조림 등은 아침에도 먹었던 것들이에요.

"짜잔!"

엄마가 커다란 접시에 알록달록 예쁜 색깔의 부침개를 담아 내왔
어요. 맛있는 냄새가 나요.

"우아!"

나리는 좋아서 방방 뛰어요.

나만이도 색깔과 냄새에 홀딱 반해서 입이 벌어졌어요. 언뜻 보
면 피자 같기도 해요.

"먹어 봐."

엄마 말에 나만이와 나리는 앞다투어 부침개를 먹었어요.

한 입 베어물자, 고소하고 새콤하고 바삭바삭하고 향긋했어요.
몽글몽글 가루 같은 덩어리들이 입안에 부드럽게 씹히는 게 입 속
에서 사르르 녹아요. 나만이가 좋아하는 쇠고기 김밥보다 훨씬 더
맛있어요.

"왜 오빠만 두 입씩 먹어?"

"오빠는 입이 크잖아. 헤헤."

정말 나만이가 나리보다 두 배는 더 먹은 것 같아요.

"잘 먹었습니다."

"나만아, 맛있게 먹었니?"

엄마가 빙그레 웃으며 말했어요.

"네, 진작 이런 걸 해 주셨어야죠. 앞으로는 채소 말고 이런 것만

좀 해 주세요. 제발!"

나만이가 배를 띵띵 두드리며 말했어요.

아까 화났던 건 다 잊어 버렸어요.

"채소를 빼라고?"

"네! 채소는 잘 씹히지도 않고 맛도 없단 말이에요."

"그래? 이상하다."

엄마가 고개를 갸우뚱했어요.

"뭐가요?"

"이거 다 채소로 만든 건데?"

나만이와 나리 눈이 휘둥그레졌어요.

"거짓말!"

그럴 리가 없어요. 채소로 만들었다면 어떻게
나만이가 맛있게 먹을 수 있었겠어요.

"몽글몽글한 건 두부와 당근을 갈아서
넣은 거야. 그리고 부추와 버섯, 브로
콜리도 잘게 썰어 넣었지. 맨 위에
너희가 좋아하는 치즈를 살짝
얹었고 말이야. 어때?"

엄마가 흐뭇하게 웃으며 말했어요.

"정말이세요? 믿어지지 않아요."

나만이는 너무 어리둥절했어요.

채소가 들어간 음식이 이렇게 맛있다니, 한번도 생각해 보지 못한 일이었어요. 아까 나리에게 읽어 주었던 그림책의 쭈글이도 이 부침개는 아주 맛있게 먹을 수 있을 거예요.

채소가 들어가도 이렇게 맛있다면, 매일 먹어도 싫지 않을 것 같아요.

그때, 나리가 끼어들었어요.

"난 믿어져. 엄마, 내일도 해 주세요. 오빠 빼고 나만 해 주세요."

"안 돼! 엄마, 내 배가 더 큰 거 알죠? 저는 곱빼기예요! 꼭이요!"

나만이도 큰소리로 외쳤답니다.

① 음식을 골고루 먹어야 하는 이유는 무엇일까요?

② 채소를 많이 먹으면 좋은 점은 무엇일까요?

## 골고루 먹어요! 내가 먹는 음식에 어떤 영양소가 있을까요?

음식을 골고루 먹어야 영양소도 골고루 섭취할 수 있어요. 각종 영양소는 우리 몸에 꼭 필요한 일을 해요.

- **탄수화물** : 에너지를 공급하는 대표 영양소예요.
  (밥, 빵, 국수, 라면, 감자, 옥수수 등)

- **단백질** : 몸의 구성과 성장에 중요한 역할을 하고 에너지를 공급해요.
  (닭고기, 돼지고기, 쇠고기, 두부, 계란, 두유, 굴 등)

- **무기질** : 몸의 기능을 조절하는 역할을 해요. 칼슘, 철 등이 여기에 속해요.
  (우유, 사골, 계란, 멸치, 고기, 시금치, 간 등)

- **비타민** : 에너지는 공급하지 않지만 생리 작용을 조절해요.
  (사과, 오렌지, 시금치, 파프리카, 양파, 부추, 당근 등)

- **지방** : 체온을 유지해주고 몸 속의 장기를 외부로부터 보호해 줘요.
  (참기름, 호두, 콩기름, 깨, 튀김 등)

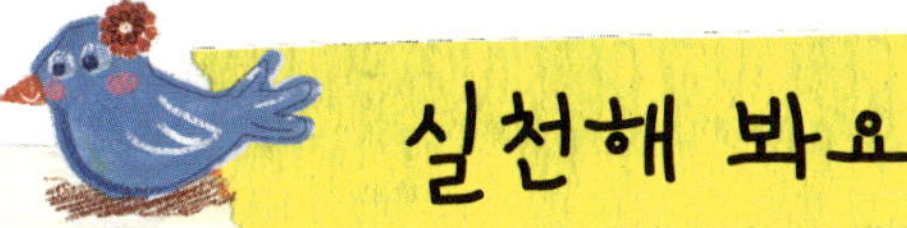

## 잠깐! 가공식품, 패스트푸드, 첨가물이 많이 들어간 식품은 적게 먹어요.

맛있는 음식이 반드시 몸에 좋은 것은 아니에요. 건강과 성장을 방해하는 음식들도 많고요. 햄, 햄버거, 어묵, 피자, 단무지 등의 음식들은 적게 먹도록 노력해요.

나 3학년 이야
언어 습관
고운 말 쓰기
3
나한테 까불지 마!

학교 수업이 끝났어요.

"길 조심, 차 조심, 낯선 사람 조심! 선생님, 안녕히 계세요."

교문 앞에서 장군이네 반 친구들은 선생님과 이렇게 인사하고 흩

어졌어요.

"왕장군, 메롱! 약 오르지?"

얄미운 동민이가 피아노 학원 차에 올라타며 괜히 놀려 댔어요.

"어쭈, 너, 내일 두고 보자!"

장군이도 미리 와 있던 태권도 학원 차에 재빨리 올라탔지요.

동민이는 이유도 없이 만날 약 올리고 도망치는 게 특기인가 봐요. 그럴 때마다 장군이는 아주 약이 올라 견딜 수가 없어요.

'뭐라고 욕이라도 좀 해 줄까? 아니면 태권도로 혼내 줄까?'

하지만 욕을 하면 어른한테 혼나고, 사범님이 태권도는 친구 혼내 주려고 배우는 게 아니랬어요.

태권도장에 도착하자마자 장군이는 서둘러 도복으로 갈아입었어요. 빨리 갈아입어야 1분이라도 더 뛰어놀 수 있으니까요.

"야, 너 몇 학년이야?"

뒤에서 누군가 장군이에게 소리쳤어요.

"나? 2학년인데?"

장군이가 뒤돌아 대답했어요.

"난 3학년이야. 그러니까 나한테 까불지 마!"

못 보던 형이 난데없이 장군이에게 으름장을 놓았어요.

"내가 언제 까불었는데?"

"시끄러워. 너 지금 나한테 대드냐? 어우, XX 열 받네!"

혁, 처음 듣는 말이지만 듣고서 기분이 안 좋은 걸로 봐선 욕 같아요.

장군이는 소문난 개구쟁이지만, 갑자기 자기한테 욕을 하는 형과 마주하니 주눅이 들었어요.

태권도장에 새로 온 형 같은데, 장군이보다 높은 띠를 맨 걸 보니 태권도를 무척 오래 했나 봐요.

형은 혼자 공을 차며 놀았어요. 공을 세게 뻥 차는 바람에 공이 유리창에도 맞고, 에어컨에도 맞고, 거울에도 맞고, 아이들 몸에도 자꾸 맞았어요.

"누구야?"

뒤늦게 온 창현이가 물었어요.

"나도 몰라. 3학년이래. 까불지 말래."

장군이가 나지막이 말했지요.

나중에 온 아이들도 무서운지 그 형을 슬금슬금 피했어요.

"아, XX 재미없어. 누구, 나랑 피구 할 사람?"

아무도 대답하지 않았어요.

장군이는 그 형과 눈이 딱 마주쳤어요.

형이 손가락을 까닥거리며 가까이 오라고 했어요. 피구를 하기 싫었지만 어쩔 수 없었어요. 다른 애들도 억지로 몇 명 더 끼었고요.

“시작!”

형은 힘이 너무 셌어요. 장군이는 그 공에 한 번 맞고 거의 쓰러질 뻔했어요. 얼굴에 맞았을 땐 코가 다 얼얼했어요.

형이 속한 팀이 단번에 이겼어요. 장군이는 그 형과 같은 팀이 되고 싶었어요.

가까이서 보니 띠에 그 형 이름이 적혀 있어요.

'나세형.'

장군이는 속으로 '세형이 형'이라고 불러 보았어요. 형이랑 친해지면 자기한테는 잘해줄지도 모르잖아요. 그리고 그 형이랑 다니면 다른 애들이 사기한테도 함부로 못 할 것 같고요. 특히 동민이 같은 애들 말이에요.

"자, 수련 시작합니다. 모이십시오!"

사범님이 늠름하게 소리쳤어요.

사범님이 세형이 형을 소개해 주었어요.

“난 나세형이야. 3학년이고, 태권도를 무지 좋아해.”

인사를 할 땐 의젓해 보였어요. 사범님 앞이라서 그런가 봐요.

세형이 형은 태권도를 무척 잘 했어요. 장군이보다 한 살 많을 뿐인데도요.

예전에 다니던 도장에서는 심사 때마다 늘 최우수상을 받았대요. 장군이는 세형이 형이 멋있다고 생각했어요. 아마 우리 도장에서 태권도를 가장 잘 할 것 같아요.

수련이 끝난 뒤, 다시 옷을 갈아입고 나오는데 세형이 형이 1학년과 2학년 아이들에게 발차기를 마구 하고 있었어요.

“아! 아프잖아.”

1학년 어떤 애가 진짜로 맞아서 울먹거리며 말했어요.

“난 그냥 발차기 연습한 건데? 그러니까 꼬맹아, 좋은 말로 할 때 저리 비켜라!”

형은 그 애를 한번 노려봐 주고는 밖으로 휙 나갔어요.

장군이는 얼른 형을 따라 나가 보았어요. 세형이 형은 차도 안 타고 걸어서 가는 것 같았어요.

‘멋있다.’

장군이는 태권도장 차를 타고 집으로 왔어요.

아파트 주차장에 내리니, 노란색 버스가 유치원 아이들을 주차장에 내려 주고 있었어요.

1층에서 엘리베이터를 타려고 기다리는데 그 유치원 아이들이 우르르 몰려왔어요. 장군이보다 먼저 타려고요.

"너희들, 새치기하지 마."

그때 누군가 장군이 발을 꽉 밟았어요.

"야! 너희들! 혼 좀 나볼래? 아, XX 열 받네!"

장군이는 자기가 말하고도 깜짝 놀랐어요. 태권도장에서 세형이 형이 하던 욕을 자기도 모르게 따라하고 있었으니까요.

유치원 아이들이 눈이 휘둥그레져서 장군이를 올려다보았어요.

"너희들, 나한테 까불지 마! 알았어?"

갑자기 그 중 한 아이가 울음을 터뜨렸어요.

"으앙! 으엉헝!"

그 아이 엄마가 달려왔어요.

"왜 울어? 누가 울렸어?"

아줌마가 주변을 휘휘 둘러보더니 장군이를 딱 바라보았지요.

"네가 그랬니?"

"얘들이 먼저 저를 밀고, 발을 막 밟잖아요."

"동생들이 실수로 그럴 수도 있지!"

"아, 진짜! XX 열 받네."

장군이는 또 한번 욕을 했어요. 이렇게 자주 이 말을 쓰게 될지는 장군이도 몰랐어요.

이런 말을 쓰면 왠지 힘이 세지는 거 같아요.

"어머, 애 말하는 것 좀 봐. 너 몇 살이니?"

"아홉 살인데요! 왜요?"

"어머, 눈 치켜뜨는 것 좀 봐. 참나, 요즘 애들은 입에 걸레를 물고 다니나? 쯧쯧. 너희 엄마도 네가 이런 거 아시니?"

아줌마는 자기 아이를 데리고 쌩 가버렸어요.

엄마는 장군이가 이러는 거 당연히 모르지요. 장군이도 오늘 처음 욕을 써 보았는걸요. 엄마가 알면 많이 실망하시겠지요?

장군이는 자기가 잘못한 걸 알았지만, 아줌마가 그런 말을 하니 기분이 나빴어요. 자기를 흉보는데 기분이 좋을 리가 있겠어요?

엘리베이터에 타서 장군이는 거울을 보았어요. 입에 걸레를 문 자기 모습을 상상해 보았어요. 꾀죄죄한 얼굴, 지린내가 나는 걸레를 입에 물고 쉴 새 없이 욕을 하는 모습!

"으아아아악!"

장군이는 집으로 뛰어 들어가 화장실로 들어갔어요.

양치 컵으로 물을 받아 입안을 마구 헹구었어요. 스무 번도 더 했을 걸요.

하지만 입에서 계속 걸레 냄새가 나는 것 같아요.

"우웩!"

① 장군이처럼 욕을 해 본 적이 있나요? 그때 기분이 어땠나요?

② 욕을 많이 하는 사람을 보면 어떤 생각이 드나요?

③ 친구에게 들었던 말 중에 가장 기분 좋았던 말은 무엇인가요?

④ 친구에게 들었던 말 중에 가장 기분 나빴던 말은 무엇인가요?

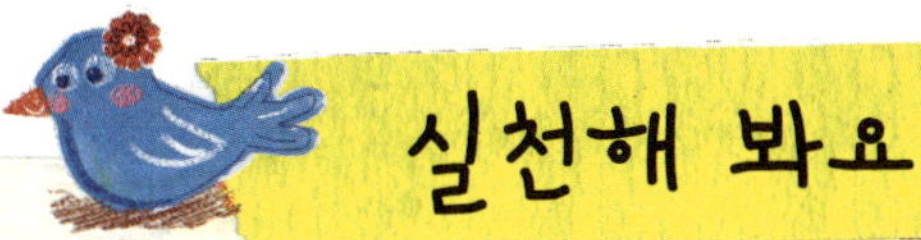


# 바르고 고운 말 쓰기

● **상대방을 칭찬하는 말**

가는 말이 고와야 오는 말이 고운 거 알고 있죠? 친구에게 칭찬하는 말, 격려하는 말을 해 주면 서로 기분이 좋아져요. 칭찬 받은 친구는 고마운 마음이 생겨 서로 사이도 좋아지지요.

● **상황에 맞는 높임말**

우리말의 특징 중 하나는 높임말이 발달한 것이에요. 어른에게 높임말을 쓰면 공경하는 마음을 표현할 수 있고, 예의 바른 어린이가 될 수 있어요.

**진지–밥, 말씀–말, 잡수시다–먹다, 주무시다–자다, 드리다–주다**

● **쓰임새에 맞는 말**

말의 쓰임새를 잘 알고 바른 말을 사용해 봐요.

**바람 :** 어떤 일이 이루어지길 바라는 마음. [바램 (X)]

나의 **바람**은 통닭을 실컷 먹는 거야.

**설렘 :** 마음이 들뜨고 두근거림. [설레임 (X)]

첫눈을 맞는 **설렘**은 말로 표현할 수가 없어.

**〜로서 :** 지위, 신분, 자격을 나타내는 말. [〜로써 (X)]

나는 반장으**로서** 할 일을 했을 뿐이야.

발가락 사이

쑤시기가

제일 재밌어!

"선생님, 장군이가요, 떨어진 음식 손으로 주워 먹어요!"

급식 시간이에요. 공주가 이마를 찌푸리며 선생님께 일렀어요.

"장군아, 그러다가 나쁜 세균이 입안에 들어가 식중독에 걸릴 수 있다고 했지?"

"네, 선생님. 알겠습니다요."

장군이가 능청을 떨며 스리슬쩍 넘어갔어요. 선생님도 웃으며 살짝 봐주고요.

하지만 공주는 장군이를 세상에서 가장 지저분한 사람 보듯 흘겨

보았어요.

"뭘 봐?"

"너 본다, 왜? 어우, 더러워!"

"치, 공주는 공주병이래요!"

장군이가 오히려 큰소리치며 공주를 놀렸어요.

공주는 이름 갖고 놀리는 걸 가장 싫어해요. 부모님은 왜 공주 이름을 공주라고 지었을까요. 이렇게 놀림 받을 걸 몰랐을까요?

"나 공주병 아니거든!"

맞아요. 공주는 공주병이 아니에요. 공주병이라는 건, 공주처럼 예쁘고 고귀하고 깔끔한 척 하는 거 아니에요?

이건 비밀인데요, 사실 공주는 학교에서만 깔끔을 떤답니다. 집에 오면 깔끔하기는커녕 엄청 게으르고 지저분해요. 아마 장군이 저리가라일걸요. 뭐, 손으로 코딱지 파는 건 기본이고요, 화장실 다녀오면서 손도 안 씻어요. 엄마가 샤워하라고 하면 머리만 감고 나머지는 대충 물만 휙 끼얹고 나와서 나중에 때가 국수 가락처럼 밀려 나온답니다. 그 누가 공주를 그런 아이로 생각하겠어요!

공주는 이름 때문인지 친구들 앞에서는 공주의 품격을 잃지 않으려고 노력해요. 물론 낮뿐이지만요!

"학교 다녀왔습니다."

인사를 하고 들어서는데 집에 아무도 없어요.

공주는 냉장고부터 열었어요. 급식 시간에 밥을 너무 조금 먹었는지 배가 고파요.

“앗, 샌드위치다!”

엄마가 만들어 놓으신 모양이에요.

공주는 냉큼 꺼내 샌드위치 껍질을 벗겼어요. 갖가지 채소의 싱그러운 냄새가 향긋했어요.

공주는 손도 씻지 않고 얼른 한 입 베어 먹었지요. 집에 오는 길에 놀이터에서 모래를 한참 만져서 손이 더러울 텐데 말이에요.

“맛있다! 역시 우리 엄마 샌드위치가 최고라니까! 냠냠.”

먹다 보니 목이 말랐어요.

공주는 냉장고에서 우유를 꺼내 입구를 열고 컵에 따르지 않고 그냥 입 대고 마셨어요.

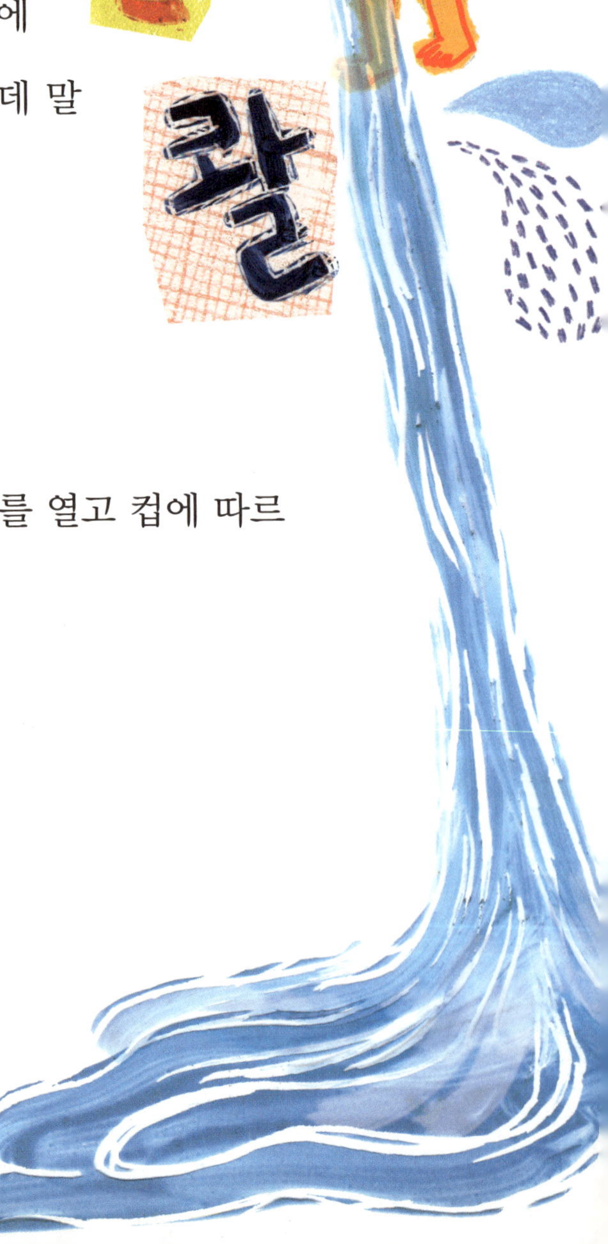

"앗, 차가워."

이럴 줄 알았어요. 우유가 한번에 왈칵 쏟아져 공주 입부터 목을 타고, 배를 적시고, 발등까지 쏟아져 내리고 말았지 뭐예요.

공주는 화장실에서 수건을 가지고 와서 대충 닦았어요.

"안공주! 또 사고 친 거야?"

언제 왔는지 엄마가 소리쳤어요.

"헤헤, 엄마. 샌드위치 너무 맛있었어요. 난 이제 숙제해야지."

"으이구! 저런 덜렁이……."

공주는 정말로 숙제를 하기 시작했어요.

오늘 숙제는 받아쓰기 틀린 거 두 번씩 쓰는 거예요. 다섯 개나 틀려서 열 번을 써야 하지요.

"아웅, 지루해. 왜 두 번씩 써야 돼?"

공주는 혼자서 투덜댔어요. 오른손은 글씨를 쓰고 왼손은 머리를 긁다가, 콧구멍을 살살 파다가, 배꼽도 파다가, 결국은 발가락까지 내려갔어요.

"음, 역시 발가락 사이 쑤시기가 제일 재밌어."

발가락 사이는 미끌미끌해요. 땀이 그대로 있거든요. 학교 다녀와서 씻었어야 말이지요. 발가락 사이엔 땀만 있는 게 아니에요. 뭔가 가루처럼 슬슬 밀려 나와요. 그건 바로 때랍니다. 이것도 코딱지처럼 동글동글 말 수 있어요. 냄새는 코딱지보다 더 고약하고요.

"발사!"

공주는 숙제는 뒷전으로 하고, 동글동글한 그것을 창문을 향해 튕겼어요.

‘짜악!’

엄마가 공주 등짝을 내리치는 소리예요.

“악! 엄마! 아파요, 아파!”

“너 지금 뭘 날리는 거야?”

“그, 그건……. 별 거 아니에요.”

“엄마가 모를 줄 알고? 코딱지잖아!”

“크크, 아니거든요. 코딱지가 아니라 발가락 사이 때라고요. 히히.”

“뭐? 으이구! 더러워.”

엄마가 얼굴을 확 찡그렸어요.

“내 몸을 내가 만지는데 뭐가 어때서요! 난 하나도 안 더러워!”

공주는 더 이상 등짝을 맞지 않으려고 밖으로 도망쳤어요.

놀이터에 나가니 나만이가 자기 동생, 나리랑 그네를 타고 있어요.

공주도 얼른 옆 그네를 탔지요.

“하나만, 안녕!”

“안공주, 뭐하다 이제 나왔냐?”

"아, 샤워 좀 하고 나오느라고."

"어차피 또 놀 건데 저녁에 하지, 왜?"

"난 하루에 두 번 샤워해."

공주는 다시 깔끔한 척 거짓말을 했어요.

"어? 장군아! 여기!"

나만이가 큰소리로 장군이를 불렀어요. 둘이 만나기로 했나 봐
요.

공주는 학교에서 장군이가 자기를 놀려서 같이 놀기 싫었어요.
장군이 쪽은 쳐다보지도 않고 그네만 씽씽 탔지요.

"어? 안공주도 있었네?"

장군이가 아는 체해도 공주는 말이 없어요.

장군이는 나만이에게 울트라몬스터 카드를 보여 주며 킥킥거렸어
요. 사실 공주도 궁금했지요. 새로 산 게 있나 보다 하고요. 공주도
울트라몬스터를 좋아하거든요.

"이게 제일 센 거다. 봐봐. 여기 별 다섯 개잖아. 그리고 폭풍 파
워도 있어."

장군이가 신 나서 설명했어요.

나만이랑 나리도 그네에서 내려 머리를 모으고 열심히 들어요.

"도대체 뭐길래 그래?"

공주는 별 관심 없다는 듯 가까이 다가갔어요.

"우리 이걸로 게임 할래?"

"그래."

"넌?"

장군이가 공주에게 물었어요.

"나도…… 할 일 없는데 같이 하지 뭐."

공주는 속으로는 엄청 신이 났어요.

"자, 다섯 장씩 받아. 받은 다음에 어떻게 하는지 알려 줄게."

장군이가 카드를 마구 섞더니 다섯 장씩 나누어 주었어요.

마지막으로 공주에게 카드를 건네 주던 장군이가 갑자기 입을 쩍 벌렸어요. 공주가 장군이를 재촉했어요.

"왜? 빨리 줘!"

"야, 안공수! 네 손톱 왜 그래?"

"내 손톱이 어때서?"

공주는 갸우뚱하며 열 손가락을 쫙 펴고 자기 손톱을 내려다보았어요.

'헉, 이게 뭐지?'

공주의 왼손 손톱 다섯 개가 끝이 모두 새까맸어요. 사인펜으로
칠해 놓은 것 같이요.

"근데 왜 왼손만 그러냐?"

나만이가 고개를 갸우뚱했어요.

그 순간 공주 머릿속에 떠오르는 장면이 있었지요. 아까 숙제할 때 왼손으로 발가락 사이를 문지르다가 때를 동글동글 말아 튕겼던 것 말이에요.

'그럼 설마 이게 다……때?'

공주는 애써 놀라움을 감추려고 했어요.

하지만 장군이는 이미 눈치챈 뒤였어요.

"우히히히, 너 손톱에 때 꼈구나? 안공주 손톱에 때 꼈대요!"

장군이는 동네방네 다 소문을 낼 듯이 큰소리로 놀려 댔어요.

"아니야. 이거 때 아니란 말이야……."

이렇게 말하는 공주 목소리는 너무 작아서 아무에게도 들리지 않았어요.

"넌 이름만 공주지, 하고 다니는 건 완전 거지다, 거지! 아하! 안 공주란 이름은 공주가 아니라는 뜻이구나! 어쩐지!"

장군이가 또 킥킥거리며 놀려 댔어요.

"너 선생님한테 다 이를 거야. 나 놀렸다고."

"일러라, 일러! 손톱에 때 낀 게 자랑이냐? 우하하."

"그만 해! 우이씨."

공주는 뒤도 안 돌아보고 집으로 뛰어 왔어요.

"엄마! 나 손톱 깎아 주세요. 으앙."

① 몸을 깨끗이 씻으면 좋은 점은 무엇일까요?

② 장군이가 공주를 거지라고 놀린 까닭은 무엇일까요?

## 스스로 잘 씻기

● **머리 감기 –** 머리를 자주 감지 않으면 냄새가 나요. 머릿니가 생길 수도 있어요.

머리에 물 적시기 → 샴푸 조금 덜어 거품내기 → 머리에 골고루 문지르기 →  깨끗한 물로 여러 번 헹구기 →  잘 말리기


● **손 씻기 –** 모든 질병을 예방하는 첫걸음, 손 씻기인 거 잘 알고 있죠?

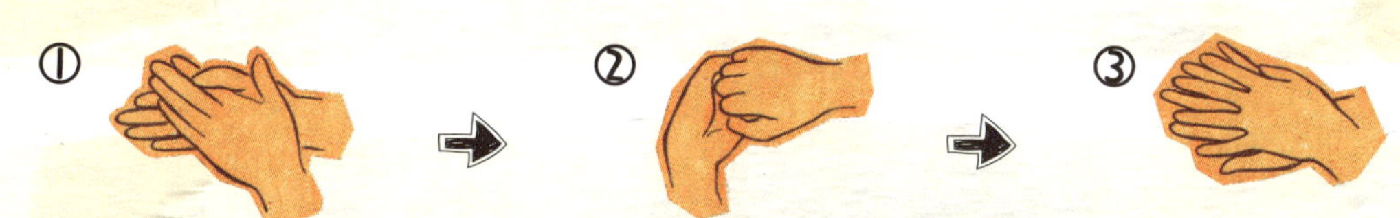


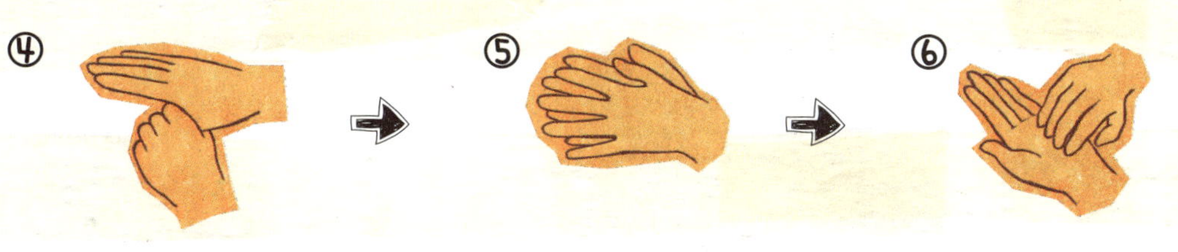



## 손톱, 발톱 깨끗이 깎기

　씻는 것도 중요하지만 손톱, 발톱을 적당한 때에 깎아 주는 것도 중요해요. 손톱, 발톱을 기르면 친구에게 상처를 입힐 수도 있고, 때가 끼고 지저분해져 세균이 자랄 수 있어요.


## 옷과 신발, 가방도 깨끗이 빨아서 쓰기

　작은 옷, 손수건, 실내화, 책가방, 신발주머니 정도는 스스로 빨아 보세요.

공부 습관
미루지 않기

5

숙제는

이따가 하면 돼

"아싸! 드디어 주말이다!"

금요일 오후, 공주는 학교에서 돌아오자마자 가방을 내팽개치고 밖으로 나갔어요. 뚱뚱해서 반쯤 열린 가방 안에서 알림장이 살짝 고개를 내밀고 있었어요.

놀이터에 가니 장군이와 나만이가 축구를 하고 있었어요. 시소 옆에 책가방을 내려놓고 말이에요.

"으이구, 너희는 아직 집에도 안 갔냐? 쯧쯧."

"네가 엄마냐? 우리 맘이다!"

공주는 고개를 쌩 돌리고는 얼른 그네를 탔어요.

한참 타다 보니 장군이와 나만이가 어디론가 가려고 하는 게 보였어요. 가방은 그대로 두고요.

"이 바보들아! 가방 버리고 어디 가냐?"

공주가 그네에서 뛰어내리며 말했어요.

장군이랑 나만이가 키득거리며 다시 놀이터로 왔어요.

"안공주, 땡큐! 근데 너 숙제 다 했냐?"

장군이가 물었어요.

"그, 그럼! 내가 너희들 같은 줄 아냐?"

"정말? 오늘 숙제 엄청 많던데 벌써 다 했어?"

장군이와 나만이가 마주보며 눈을 크게 떴어요.

"뭐가 많아? 그까짓 거 눈 깜짝하면 다 하지."

"정말? 그럼 이따 해도 되겠네. 우리, 자전거 타러 갈래?"

"어디로?"

"길 건너 체육공원!"

"좋아."

셋은 집에 가서 자전거를 끌고 나와 다시 모이기로 했어요.

'숙제가 많긴 많던데……. 에이, 이따가 하면 돼. 토요일, 일요일도 있는 걸, 뭐. 난 머리가 좋으니까 금방 할 거야!'

공주는 숙제 걱정을 하다가 말았어요. 주말 내내 시간이 많으니까요. 체육공원에 모인 셋은 신 나게 자전거를 타고 달렸어요.

"누가 다섯 바퀴 먼저 도나 내기할까?"

"야, 같이 가!"

"나도!"

공주는 장군이와 나만이를 따라잡으려고 온 힘을 다해 페달을 밟았어요.

세 번째 바퀴를 돌 때, 공주는 나만이를 따라잡았어요. 그리고 마지막 다섯 바퀴째, 드디어 장군이 뒤통수가 가까이 보였어요. 장군이만 따라잡으면 일등이에요.

공주는 치마를 입고 있다는 것도 잊고 더 세게, 더 빨리 달렸어요. 그러다 그만 튀어나온 돌부리에 걸려 자전거와 함께 넘어지고 말았지 뭐예요. 넘어지면서 치마가 훌러덩 뒤집혔답니다.

뒤에 오던 나만이가 깔깔깔 웃어 댔어요. 앞서 가던 장군이도 자전거를 멈추고 섰지요.

공주는 얼른 치마를 내리고 벌떡 일어났어요.

"뭘 봐!"

다시 자전거에 올라가려는 순간, 공주는 그 자리에 주저앉았어요. 발목이 시큰시큰 아팠거든요.

"괜찮냐?"

장군이가 손을 내밀어 주었어요.

"못 걷겠어."

공주는 울상이 되었지요.

하는 수 없이 장군이가 자기 자전거에 공주를 태워서 집에 데려다 주었어요. 공주 자전거는 나만이가 겨우 끌고 왔고요.

"고마워, 왕장군. 고마워, 하나만!"

"잘 들어가. 안녕!"

공주는 자전거를 묶어 두고 집으로 들어갔어요.

"공주야, 네 옷이 왜 그래? 레깅스에 구멍 났네?"

엄마가 인상을 찌푸렸어요.

"자전거 타다가 넘어졌어요. 발목도 아파요."
"으이구! 조심 좀 하지."
엄마!

"헤헤."

방으로 가려는데 팽개쳐 두었던 책가방이 보였어요.

'아, 맞다. 숙제! 에이, 이따가 하면 돼.'

저녁을 먹고 공주는 아빠 팔베개를 베고 텔레비전을 봤어요.

"우리 공주, 발목은 괜찮아?"

"많이 아팠었는데 이제 거의 나았어요."

"병원 안 가 봐도 돼?"

"안 가도 돼요."

공주는 아빠랑 누워서 텔레비전 보는 게 참 좋아요.

그런데 자전거를 너무 오래 탔나 봐요. 피곤해서 이도 안 닦고 깜빡 잠이 들었지 뭐예요.

다음 날 아침, 공주는 자기 침대에서 깨어났어요. 아빠가 안아다 옮겨 주셨나 봐요.

"아싸, 토요일이다!"

공주는 금요일 저녁부터 일요일 저녁까지가 정말 좋아요. 실컷 놀 수 있잖아요.

"공주야, 너, 숙제는 다 했니?"

엄마가 걱정스러운 듯 물었어요.

"이따가 하면 돼요. 아직 토요일이잖아요."

"그러다가 한꺼번에 하려면 힘들 텐데?"

"걱정 마세요. 문제 없어요."

공주는 토요일 내내 실컷 놀았어요. 컴퓨터 게임도 하고 은솔이랑 놀이터에서도 놀았어요.

그러다 저녁에 겨우 책상 앞에 앉아 알림장을 펴 보았어요. 숙제가 뭐였는지 가물가물했거든요.

① 수학 35쪽~39쪽 틀린 문제 고치고 복습하기.

② 단원평가 국어, 수학 시험지 틀린 문제 고치고 복습하기.

③ 주제 일기 쓰기-효도란 무엇인가?

④ 바른 생활 41쪽 빈 칸 채워 오기.

⑤ 독서록(일주일에 두 편) 가져오기.

꺅! 숙제가 이렇게나 많다니!

공주는 알림장을 덮어 버렸어요.

“내일도 시간 있는데, 뭐.”

그러고는 한밤중까지 텔레비전을 보다 잠들었어요.

일요일이 됐어요.

아침을 먹고 줄넘기를 하다가 문득 숙제 생각이 났어요. 조금 걱정이 되긴 해요.

“점심 먹고 하면 되지, 뭐.”

점심 먹고 나서는 조금 더 걱정이 됐어요.

“한 시간만 놀다 하면 되지, 뭐.”

어느 새 오후 5시가 되었어요. 안 되겠어요. 더 이상 미룰 수가 없어요.

“아, 하기 싫어. 어떡하지? 너무 많아!”

그런데 바른 생활 숙제 하나 했더니 6시예요. 엄

마가 저녁 먹으라고 부르세요.

저녁 먹고 독서록 두 개를 연달아 써내려갔어요. 옛날에 읽은 책
으로요. 지금 책 읽을 시간이 어디 있어요.

이제 7시 30분, 아직도 숙제가 많이
남았어요.

주제 일기를 쓰기로 했어요. 손가락이 너무 아파요.

‘효도란 무엇인가?’

아, 모르겠어요.

“엄마, 효도가 뭐예요?”

“글쎄, 부모님 말씀 잘 듣는 거? 왜?”

“주제 일기 숙제라서요.”

“너 이제서야 숙제 몰아서 하는 거니? 음, 아마도 숙제를 미루다, 미루다 한꺼번에 몰아서 하는 건 효도가 아닌 것 같은데? 호호.”

“아이 참, 놀리지 마세요.”

공주는 일기장을 집어 들고 방으로 쏙 들어갔어요.

주제 일기를 대충 지어서 쓰고 나니 8시가 넘었어요. 수학 교과서 틀린 문제는 별로 없어서 얼른 고쳤어요. 이제 단원평가 시험지만 고치면 돼요.

수학은 85점, 국어는 80점이에요. 공주는 국어가 너무 어려워요.

“다른 것부터 고쳐 놓고 이건 마지막에 해야지.”

그러고는 그만 깜빡 잊어 버렸답니다.

월요일이 되었어요.

학교에 갔더니 장군이가 단숨에 쫓아와요.

"너 때문에 숙제하느라 나 어제 밤샜어!"

"그게 왜 나 때문이야? 왜 밤을 새워?"

"숙제 금방 한다며? 별로 없다며?"

장군이가 씩씩거렸어요.

공주는 그냥 자리에 앉아 가방에서 책을 꺼냈어요. 앗, 그때 시험지 틀린 문제 안 고친 게 떠올랐어요.

"으악! 장군아, 나 시험지 좀 보여 줘."

공주는 장군이의 국어 시험지를 빼앗았어요.

"왜 이래?"

"잠깐만!"

공주는 20번 문제 답을 재빠르게 베껴 썼지요.

"야, 그건……!"

장군이가 어이가 없어 막 소리치려고 하는데 선생님이 들어오셨어요.

국어 시간에 선생님이 시험지 숙제를 걷어 갔어요. 그리고 쉬는 시간이 되자, 선생님은 공주와 장군이를 앞으로 불렀어요.

“안공주! 너, 장군이 시험지 베꼈지?”

“네? 어, 어떻게 아셨어요?”

“이것 좀 봐라. 딱 보면 모르니?”

**문제20) 수업 시간에 자꾸 말을 거는 짝꿍에게 '부탁하는 글'을 이유와 함께 쓰시오.**

공주야, 수업 시간에 말 좀 걸지 말아 줄래?
너 때문에 나까지 혼나잖아. 이 수다쟁이야!

너무 급하게 베껴 쓰느라 '공주야.'까지 그대로 베껴 썼지 뭐예요.
공주는 얼굴이 새빨개졌답니다.

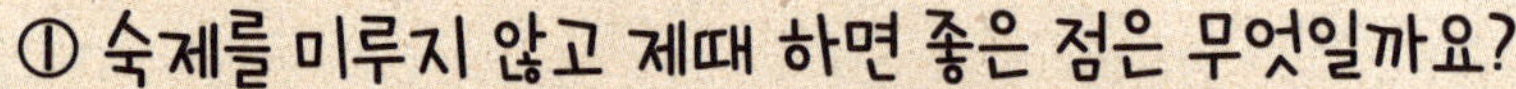

## 공부는 매일 규칙적으로 하기

● **일기와 독서록을 꾸준히 쓰기**

내 생활을 되돌아보는 일기와 책 읽은 뒤의 생각을 정리하는 독서록은 꾸준히 써야 도움이 돼요.

● **학교에서 배운 내용 복습하기**

한 번 배운 걸 다시 반복해서 익혀 두면 머리에 쏙쏙 들어오겠죠?

● **벼락치기 No! 시험 준비는 평소에 꾸준히 하기**

시험 보기 전에 한꺼번에 공부하려면 너무 힘들어요. 평소에 꾸준히 공부해 두면 시험공부를 따로 하지 않아도 돼요.

● **알림장 잘 적어오기**

알림장에는 그 날 숙제뿐 아니라 준비물, 알림 사항이 자세히 적혀 있으니 놓치지 않고 빠짐없이 적어 오도록 해요.

● **숙제부터 하고 놀기**

숙제가 있다면 먼저 하고 놀아요. 그래야 마음이 가벼워서 노는 것도 더 재미있답니다. 자꾸 미루다 보면 더 하기 싫어져요.

● **모르는 것은 꼭 묻거나 확인하기**

모르는 것을 그냥 넘어가면 나중엔 뭘 모르는지도 모르게 돼요. 선생님이나 부모님께 꼭 여쭤보고 확인하는 습관을 가져 보아요.

절제 습관
게임에 너무
빠지지 않기
30분씩만 해!!
나만 안 축구해 자~
뿡뿡!
6
30분은
너무 짧아!
띠리리리~♪♩
전화 좀 받아
무재주 전화 16통

글쎄, 나만이 생일날 꿈 같은 일이 일어났어요.

나만이 삼촌이 어떻게 아셨는지 나만이가 갖고 싶어 하던 게임기를 사 오셨거든요. 나만이는 너무 놀랍고 좋아서 기절하는 줄 알았어요.

첫날 나만이는 너무 신이 나서 밥도 안 먹고 게임을 세 시간이나 했어요. 나리도 옆에서 구경하느라 넋이 나갔고요.

"나만아, 안 되겠다. 학교랑 학원 다녀와서 숙제까지 다 한 뒤에 딱 30분씩만 해, 알았지?"

“싫어요. 30분 만에 어떻게 한 판 끝내요! 30분은 후딱 지나간다고요! 재미있을 만하면 그만 하라고요?”

“그래도 안 돼. 숙제 다 하고 엄마한테 전화 걸어서 허락 받아. 30분 동안 하고, 시간 되면 어린이집 가서 나리 데려오는 것도 잊지 말고!”

“아이 참, 엄마는…….”

하루에 고작 30분이라니! 나만이는 기가 막혔어요. 이렇게 멋진 새 게임기를 두고도 엄마 허락을 받아야 해요?

그래도 나만이는 학교에서도 학원에서도 게임기를 생각하면 자꾸만 피식피식 웃음이 나왔어요.

집에 오는 길에 놀이터에도 들르지 않았지요.

“나만아! 축구 하자.”

놀이터를 지날 때 장군이가 소리쳤어요.

“안 돼! 나 할 일 있어.”

나만이는 쏜살같이 집으로 왔어요.

그리고 문을 열고 들어오기가 무섭게 가방에서 숙제를 꺼내 후다닥 몰아서 했어요. 글씨는 비뚤비뚤했지만 속도는 엄청 빨랐어요.

숙제를 다 하자마자 엄마에게 전화를 걸었어요.

"엄마, 숙제 다 했어요. 이제 게임 해도 되죠?"

"벌써? 그래, 30분만 하는 거다."

"네, 끊어요."

나만이는 엄마보다 먼저 전화를 팍 끊고 게임을 시작했어요.

장군이가 잘 한다던 슈퍼마리오 게임이에요. 장군이가 자기만 많이 하고 나만이는 잘 안 시켜 주던 거요.

숙제도 다 했겠다, 게임기를 혼자 독차지하고 마음 편히 하니 게임이 정말 잘 되었어요. 언제부터 이렇게 잘 했던 것일까요? 계속 다음 판을 했지요.

"아싸! 한 판 더!"

앗, 그런데 시계를 보니 어느새 30분이 되기까지 3분밖에 남지 않았어요. 3분이면 게임 한 판 하기에는 모자라요. 하지만 3분을 그냥 버릴 수는 없잖아요.

"3분만 하고 중간에 멈추면 되지, 뭐."

나만이는 게임 시작 버튼을 눌렀어요.

앞 단계에서 보이지 않던 화면이 나와요. 정말 환상적이지요?

나만이는 이걸 놓칠 수는 없었어요.

정신없이 빠져들어 결국 나만이는 이번 판에서 우승을 했어요. 화면에서 '우승 축하합니다.'라는 메시지와 함께 트로피 그림이 나왔지요. 정말로 트로피를 받는 기분이었어요. 학교에서도, 태권도장에서도 받아보지 못한 걸 말이에요.

"다 깼다! 그럼 이제 앵그리버드 게임을 해볼까?"

슈퍼마리오 게임에서 우승을 했으니 앵그리버드도 문제없을걸요. 나만이는 이제 시계 따위는 보지도 않아요.

앵그리버드 게임 시작! 장군이 어깨 너머로 보았던 게임을 직접 해보니 정말 신이 났어요. 또 다 깼어요. 순식간에 일어난 일 같아요.

그런데 순식간이 아니었어요. 시계를 보니 6시가 다 됐어요. 엄마랑 약속한 시간은 3시 30분까지 하는 것이었는데 말이에요.

"아, 맞다! 나리!"

큰일 났어요! 4시 40분에 어린이집에서 나리를 데려오는 걸 깜빡했어요.

그때였어요.

우승
축하합니다

‘삐 삐삐비비빅.’

현관문 비밀번호 누르는 소리

가 들렸어요.

나만이 얼굴이 돌처럼 굳었지요.

문을 열고 들어온 건 엄마와 나리였어요.

"너, 이리 와! 하나만!"

엄마 머리에서 김이 풀풀 났어요. 두 눈이 위로 쫙 찢어지고 코에서 콧김이 팍팍 나오는 것 같아요. 머리에 뿔도 솟아오른 것 같고요.

나리는 옆에서 훌쩍훌쩍 울고 있어요. 아무도 데리러 오지 않아서 무서웠나 봐요.

“어, 엄마…….”

“나만이, 너! 도대체 뭐하고 있었니? 엄마가 어린이집에서 온 전화 받고 얼마나 놀랐는지 알아?”

“죄송해요.”

“전화는 왜 안 받았어?”

“네? 전화 안 왔는데…….”

나만이는 허둥지둥 자기 휴대 전화기를 찾았어요.

‘부재중전화 16통’이라고 쓰여 있었어요.

“죄, 죄송해요.”

게임을 하다 보니 전화 소리도 안 들린 거예요.

엄마도 벌써 눈치챘어요.

“하나만, 너 약속한 첫날부터 이러기야? 약속 잊었어?”

“그게 아니라…….”

엄마는 갑자기 입을 다물고는 나리를 욕실로 데려가 씻겼어요.

혼날 줄 알았는데 아무 말 안 하시니 나만이는 더 답답하고 불안했어요. 그 자리에서 꼼짝 않고 고개를 숙인 채 기다렸지요.

“오빠, 뭐 해?”

나리가 머리를 말리고 옷도 갈아입은 뒤 나만이에게 다가왔어요. 다른 때 같으면 얄미웠겠지만, 퉁퉁 부은 나리 눈을 보니 미안하기만 했어요.

"나리야, 미안해."

그런데 갑자기 눈물이 왈칵 쏟아졌어요.

"오빠, 왜 울어? 울지 마……. 아앙."

나리가 따라 울었어요.

"으이구, 둘이서 뭐 하니? 뚝!"

엄마는 조금 화가 풀린 것 같아요.

"나만이, 이리 와서 앉아 봐."

나만이는 코를 훌쩍거리며 앉았어요.

"뭘 잘못했는지 알겠어?"

"네, 30분만 게임 하기로 한 약속 어기고, 나리 데리러 안 간 거요."

"게임 중독이 뭔지 알지? 나만이, 너 그렇게 되고 싶어?"

"아니오!"

나만이는 정말로 화들짝 놀랐어요.

뉴스에서 봤는데, 게임방에서 밥도 안 먹고 게임만 하다가 죽은 사람이 나왔었거든요.

"그럼 앞으로 어떻게 하면 좋을지 네가 생각해봐."

엄마는 저녁 준비를 하셨어요.

나만이 때문이긴 하지만 오랜만에 엄마가 일찍 오시니, 나리도 나만이도 기분이 좋아졌어요.

맛있게 저녁을 먹고 나서, 나만이가 먼저 말했어요.

"엄마, 30분은 너무 짧아서 제가 자꾸 더 하고 싶으니까 매일 하지 않고 주말에 몰아서 할게요."

"주말에 얼마나 하려고?"

"토요일과 일요일에 1시간씩만 할게요."

"좋아. 주말에는 나리도 어린이집 안 가니까 잘됐네."

엄마는 나만이를 살며시 안아 주었어요.

"나만아, 엄마가 얼마나 걱정했는지 알아?"

"나리 때문에요?"

"나리도 그렇지만, 나만이 너한테 무슨 일 생긴 줄 알고……."

엄마가 말끝을 흐리며 나만이를 바라보았어요.

나만이도 엄마가 자기를 걱정했다는 걸 알고 나니 목구멍이 뜨거워졌어요.

그 뒤로 나만이는 토요일과 일요일에만 게임을 했어요. 온 가족이 다 있을 때 게임을 하니 혼자 할 때보다 더 재미있었어요. 시간을 어길 일도 없어졌지요. 월요일부터 금요일까지는 게임을 하지 않고 밖에 나가 노는 게 더 재미있었어요.

# 실천해 봐요

## 게임, 이렇게 해 봐요.

● **시간을 정하여 하기 :** 자신과 약속한 시간을 넘기지 않도록 노력해요.

● **가족이 함께 있는 공간에서 하기 :** 혼자서 하면 게임에 더 빠지게 돼요. 가족과 함께 할 수 있는 게임이 더 좋아요.

● **컴퓨터(인터넷) 사용할 땐 예절 지키기 :** 게임하면서 모르는 친구와 대화할 때가 있어요. 그럴 땐 바른 말을 사용하며 예의를 지켜야 해요.

## 나는 게임 중독일까? 아닐까? 표시해 봐요. (10문항)

(표시 문항이 많을수록 게임 중독 위험성이 높아져요.)

☐ 친구들과 노는 것보다 게임이 더 좋다.

☐ 게임 속의 내가 실제 나보다 더 좋다.

☐ 밤늦게까지 시간 가는 줄 모르고 게임을 한다.

☐ 게임 시간이 점점 길어진다.

☐ 게임 때문에 할 일을 못한 적이 있다.

☐ 시간이 다 되어도 게임을 그만두기가 어렵다.

☐ 게임 생각하느라 공부에 집중하지 못한다.

☐ 게임을 안 해도 게임 생각을 하고 있다.

☐ 게임을 하지 못하면 화가 난다.

☐ 게임을 하지 않는 것은 견디기 힘든 일이다.

위잉~
안 돼!
7
트랜스포머 청소부

오늘은 장군이네 집에 손님이 오시는 날이에요. 아빠 회사 직원들이 저녁을 먹으러 온대요.

장군이 엄마는 원래 깔끔하시지만, 손님이 오는 날이면 더욱더 청소를 깨끗이 해요.

특히 오늘은 거실과 주방이 매우 깔끔해졌어요.

장군이가 태권도장에서 돌아왔을 때, 장군이 방도 아주 반짝반짝 빛났어요.

"엄마!"

“장군아, 우리 집 완전 깨끗하지? 호호.”

“엄마 때문에 내가 정말!”

그런데 장군이가 씩씩거리자 엄마는 웃음을 멈추었어요.

“방을 마음대로 치워 놓으면 어떡해요! 어제 갖고 놀던 내 로봇 어디에 뒀어요?”

“어떤 로봇?”

"저번에 생일 선물 받은 거요!"

"글쎄, 한번 찾아봐."

"아무것도 안 보이는데 어떻게 찾아요?"

"가만 있어봐. 짜잔! 여기 있잖아."

엄마는 장식장 서랍 안에서 로봇을 꺼내 주었어요.

"치, 이리 줘요."

"평소에 이렇게 정리 정돈을 해 둬야 더 찾기가 쉬운 거야."

"아니거든요! 내가 놀던 대로 늘어놓는 게 더 찾기 쉽다고요!"

장군이는 씩씩거리며 엄마가 치워 둔 장난감들을 다 찾아내어 방
바닥에 늘어놓았어요. 그러고는 방바닥에서 뒹굴뒹굴하며 놀았어요.

“으이구, 못 말려. 저녁에 손님 오실 테니 네 방에서만 어질러라.”

장군이는 화가 나서 대답도 안 했어요. 그런데 한참 놀다 보니 심심해요. 나만이에게 같이 놀자고 전화를 걸었지요.

나만이도 심심했는지 금세 놀러 왔어요.

“장군아, 안녕?”

“어서 와. 빨리 내 방으로 가자.”

장군이는 방문을 걸어 잠갔어요. 엄마가 들어오면 또 잔소리를 할 게 분명해요.

나만이랑 총싸움부터 했어요. 고장 난 물총으로 ‘두두두’ 총을 쏘는 시늉을 하며 바둑알을 하나씩 던지면 그게 총알이에요.

그 다음은 로봇 전쟁을 했어요. 장군이는 일부러 나만이한테는 파워가 약한 로봇만 줬어요. 그래야 자기가 이길 수 있거든요.

“아싸! 이겼다!”

둘은 카드 게임도 조금 하다가 말고요, 바둑알로 알까기를 하다가 검정 알과 하얀 알을 다 섞어서 방바닥에 뿌려 보았어요. 방바닥에 하얀 눈, 검정 눈이 내린 것 같아 재밌어요.

한참 놀다 보니 너무 더워서 방문을 열었지요.

"엄마, 우리 우유 좀 주세요. 목말라요."

"그래, 알았다. 으이구, 이 녀석들 방을 아주 난장판으로 만들었구나."

장군이는 우유를 벌컥벌컥 마시며 씨익 웃었어요.

나만이는 슬슬 눈치를 보다가 우유를 다 먹고는 집에 갔어요.

"엄마 때문에 나만이가 일찍 갔잖아요."

"장군이 너, 이제 들어가서 네 방 치워."

"나만이도 놀았는데 왜 나보고만 치우래요?"

"네 방이잖니!"

엄마는 장군이를 방으로 마구 밀어 넣었어요.

"싫어요. 내일도 놀 거니까 그대로 둘래요. 그래야 놀기 편하다고요."

장군이는 엄마가 더 얘기할까 봐 나만이를 따라 나가려고 했어요.

그때였어요. 방문턱을 막 넘는 순간 장군이 몸이 하늘로 붕 떠올랐어요. 그러고는 다시 방바닥으로 쿵 떨어졌지요.

"으악!"

　장군이는 아까 잠깐 갖고 놀았던 장난감 경찰차를 밟고 미끄러진 거예요. 바퀴가 달렸으니 얼마나 잘 미끄러지겠어요. 몸이 붕 떴다니까요!

　그런데 장군이는 방바닥에 떨어지면서 그만 로봇 어깨의 뾰족한 장식에 이마를 콕 박았어요.

　"아야!"

　장군이는 이마도 아프고 엉덩이도 아팠어요.

　이마에는 콕 찍힌 자국이 생겼고 피도 살짝 고였어요. 엉덩이는 멍이 든 것 같아요.

　"그것 봐. 방을 이렇게 어질러 놓으니 넘어지지!"

　엄마의 화난 눈초리 때문에 장군이는 울고 싶어도 울 수가 없었어요.

　"나만이 때문이에요. 이거 나만이가 놀다가 여기다 놓고 갔단 말이에요."

　장군이는 정말 억울했어요.

　"그러니까 다음부턴 놀고 나서 같이 정리하면 되잖아."

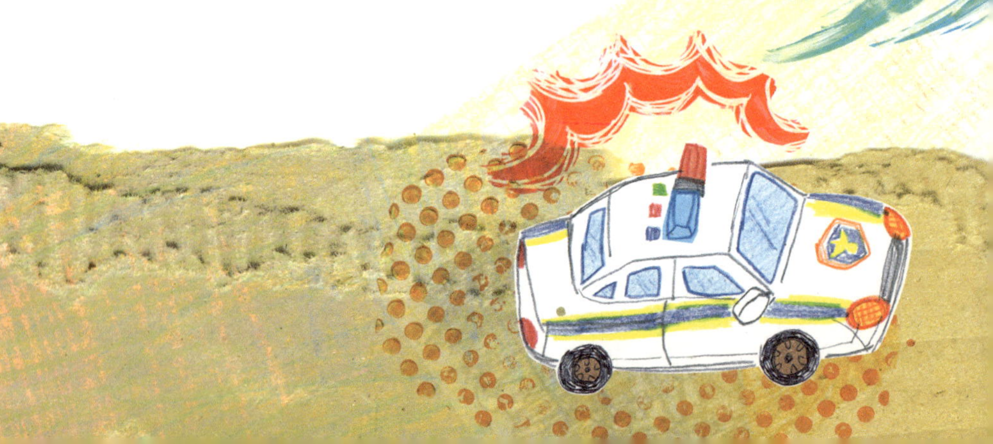

“네.”

“방 치우고 얼른 숙제해.”

장군이는 이마에 부풀어 오른 혹을 만지며 방을 치우기 시작했어요.

평소엔 친구처럼 여겨지던 로봇 장난감이 이제 악당처럼 느껴졌어요. 장난감 경찰차도요.

닥치는 대로 장난감들을 정리함에 우당탕 던져 넣었어요.

장군이는 잊고 있던 학교 숙제가 생각났어요. 종합장에다 숙제를 해야 하는데 도무지 찾을 수가 없어요.

“엄마, 내 종합장 못 봤어요?”

“글쎄? 어디에 놓았는데?”

"모르죠. 그걸 알면 엄마
한테 물어보겠어요?"
"네가 늘어놓은 대로 놔둬야 물건을 잘 찾
는다며? 엄마는 모르겠다."
"아, 진짜!"
장군이는 눈에 불을 켜고 종합장을 찾아보았어요.
아무리 찾아도 안 보여요. 장군이는 엄마한테 다시 말도
못하고 혼자 찾다가 지쳤어요.
이마가 아파서 그런지 잠이 쏟아졌어요. 방바닥에 엎
드려 깜빡 잠이 들었지요.
"얘들아, 장군이 모르게 다 섞어 놓자."
"뒤죽박죽! 우하하!"
누군가 앵앵거리며 떠드는 소리에 장군이가 고
개를 들었어요.
그런데 이게 웬일이에요! 아까 정리함에 쑤셔
박았던 장난감들이 다시 방바닥에 쏟아져 나왔어
요. 게다가 모두 살아 있는 것처럼 마구 돌아다니고

요.

　장군이 이마를 다치게 했던 로봇은 경
찰차를 타고 쌩쌩 달려요. 개구리 인형은 장
군이의 연필을 입에 물고 팔짝팔짝 뛰어다니
고요. 앵무새 인형은 장군이의 리코더를 입에
물고 날아올라가 장롱 위에 올려 놓아요.

"그만 해!"

장군이가 소리쳐도 소용없어요.

그때였어요.

요란한 소리를 내며 방 한가운데를 가로질러 가는 트랜스포머 장

난감이 눈에 띄었어요.

평소와 다르게 변신한 모습이 좀 이상해요. 몸도 엄청나게 크고

요, 손에는 청소기를 들고 있어요.

"삐.리.리.내.가.다.청.소.해.줄.게."

트랜스포머 청소부인가 봐요. 그런데 뭔가 이상해요. 청소를 한다기보다 그냥 물건을 다 갖다 버리는 것 같아요. 쓰레기통이 꽉 차서 넘치려고 해요.

그때였어요. 아까 그렇게도 찾던 장군이의 종합장을 트랜스포머 청소부가 쓰레기통에 던지려고 했어요.

"이리 줘! 내 거야!"

장군이는 손을 뻗어 종합장을 뺏으려 했지만 손이 닿지 않았어요. 두 손과 두 발을 다 버둥거렸지요. 그래도 안 되자 울음을 터뜨렸어요.

"으앙!"

장군이 울음소리에 엄마가 방으로 들어왔어요.

엄마가 장군이 몸을 마구 흔들었어요.

"얘가 웬 낮잠을 이렇게 요란하게 자? 장군아!"

"어? 엄마! 내 종합장은?"

장군이는 자리에서 벌떡 일어났어요. 꿈이었나 봐요.

“네 손에 든 건 뭐니?”

엄마가 물었어요.

장군이 손에 종합장이 들려 있었어요.

“어? 이거!”

장군이는 두리번두리번 둘러보았어요.

바로 옆에 트랜스포머 장난감이 누워 있었어요. 꼼짝도 하지 않
은 채로 말이에요.

“종합장 찾았으면 얼른 숙제하렴!”

엄마는 휙 나가 버렸어요.

“휴, 다행이다.”

장군이는 어리둥절한 표정으로 종합장을 펴고 숙제를 하기 시작
했어요. 숙제를 다 하고 나면 방을 꼭 치워야겠다고 생각했지요.

① 장군이는 엄마가 방을 치워 놓았을 때 왜 화가 났을까요?

② 자기 방과 물건을 스스로 정리 정돈하면 좋은 점은 무엇일까요?

③ 여러분은 자기 방을 어떻게 정리 정돈하고 있나요?

## 내 방 깔끔하게 정리 정돈하는 방법

● **썼던 물건 제자리에 놓기**

자기 물건은 늘 같은 자리에 정리해 두는 게 좋아요. 그래야 다시 쓰고 싶을 때 쉽게 찾을 수 있어요. 자주 쓰는 물건은 가까이에 두는 게 더 좋겠죠?

● **밖에서 묻은 흙은 털고 들어오기**

정리 정돈을 잘 하려면 청소도 잘 해야 해요. 청소를 하기 전에는 먼저 밖에서 묻은 흙이나 먼지를 밖에서 털고 들어오는 게 좋아요.

● **같은 종류의 물건끼리 정리하기**

책은 책끼리, 장난감은 장난감끼리, 옷은 옷끼리, 가방은 가방끼리 같은 종류를 모아서 정리하면 사용하기 편리해요.

● **사용하는 상소에 맞게 정리하기**

학교에서 쓰는 물건, 집에서 쓰는 물건, 학원에서 쓰는 물건 등 쓰는 장소에 따라 나누어 정리하면 훨씬 편리해요.

# 8 지우개 전쟁

"내 지우개 어디 갔어?"

장군이가 큰소리로 말했어요.

아이들이 고개를 갸우뚱하며 장군이를 멀뚱멀뚱

바라보았어요.

"그걸 우리가 어떻게 알아?"

짝꿍인 공주가 마지못해 대답해 주었어요.

"에이, 지우개가 발이 달렸나!"

장군이는 괜히 필통을 쿵 내려놓으며

짜증을 냈어요.

　장군이 필통 안에는 코딱지만한 지우개 조각들만 굴러다녔어요.
이게 다 장군이가 연필이나 칼로 지우개를 조각내서 그런 거예요.
　그 날 집에 가는 길에 장군이는 부리나케 문구점으로 들어갔어요.
　한쪽에 지우개들이 엄청 많이 쌓여 있어
요. 네모반듯한 것부터 별 모양,
달 모양, 꽃 모양, 동물 모양
등등 온갖 모양의 지우개

들이 서로 자기를 사달라고 아우성치는 것 같아요.

그 중에서 장군이는 손톱만한 지우개들이 스무 개쯤 들어 있는 지우개 세트를 골랐어요. 스무 개에 천 원이라니! 얼마나 싸고 좋아요! 게다가 요즘 유행하는 캐릭터가 색색으로 그려져 있다고요! 그때 그때 기분에 따라 마음껏 골라 쓸 수도 있어요!

"엄마, 다녀왔습니다."

"그래, 배고프지? 간식 먹어라."

"네."

장군이는 대답만 하고 방으로 들어가 방금 사 온 지우개를 꺼냈어요. 정말 마음에 쏙 들어요.

책상 위에 스무 개의 지우개를 가지런히 늘어놓고 그 모습을 흐뭇하게 바라보았지요. 학교에 가져가면 아이들이 엄청 부러워할걸요.

"장군이, 너! 지우개 또 샀니? 네 책상 서랍 열어 봐. 지우개가 얼마나 많은지!"

어느새 엄마가 따라 들어와 보고 있었나 봐요.

장군이 얼굴이 뾰로통해졌어요.

그러자 엄마가 직접 책상 서랍을 열어서 보여 주었어요. 지우개가 한 바가지는 들어 있었어요.

"하지만 다 망가진 거잖아요. 잘리고, 더러워지고……."

"왕장군! 그렇게 만든 게 도대체 누군데?"

장군이는 허겁지겁 책상 서랍을 닫았어요.

"하여튼 이것들은 다 못쓰는 거라고요."

"못쓰긴 왜 못써? 이것부터 다 쓰고 새 지우개 써."

"안 돼요! 이런 모양 지우개는 처음 산 거란 말이에요."

"그럼 이 세상에 모든 지우개를 다 살 작정이야?"

"아이 참, 우리 반에서 나만 이 지우개 없단 말이에요!"

장군이는 새로 산 지우개를 모두 필통에 쓸어 담고는 벌떡 일어났어요.

"이번이 마지막이야. 다시는 지우개 사지 마."

"치, 알았다고요."

장군이는 엄마한테 화가 났어요.

문구점에 갔을 때 과일 슬러시를 사먹을 수도 있었단 말이에요. 먹고 싶은 걸 꾹 참고 이 지우개를 샀는데, 도대체 엄마는 왜 그러시는 걸까요?

다음 날, 학교에 가니 남자애들이 지우개 따먹기를 하고 있었어요. 책상 위에 각자 지우개를 놓고 서로 한 번씩 튕겨서 상대방 지우개가 떨어지면 그걸 갖는 거예요.

"지우개 따먹기라면 내가 자신 있지. 다 덤벼!"

장군이는 가방만 내려놓고 아이들 틈에 끼었어요.

장군이는 어제 산 멋지고 사랑스러운 지우개 스무 개를 착 꺼냈어요. 씩씩한 군인들처럼 든든했지요.

그 중에 가장 멋진 빨간색 지우개로 시합을 했어요.

'퉁!'

'탁!'

으악! 장군이 지우개가 힘없이 책상 밖으로 떨어졌어요. 나만이의 왕지우개에 밀렸어요. 나만이는 자기 덩치만큼이나 큰 왕지우개로 다른 애들 지우개를 거의 다 따냈어요.

"여기서 물러설 순 없다!"

장군이는 이번에는 노란 지우개를 올려놓았어요.

'퉁!'

또 떨어졌어요. 상대가 안 돼요.

파랑, 보라, 연두, 핑크, 금색, 은색, 주황,
갈색……. 무려 열 개나 되는 지우개를 눈 깜짝
할 새에 잃고 말았어요.

"아싸! 왕장군, 이거 완전 새 거네? 고맙다,
잘 쓸게. 메─롱."

나만이가 장군이의 새
지우개를 갖게 되어 기분
이 좋은가 봐요.

장군이는 너무 약이 올랐어요. 하지만 아무렇지 않은 척했어요. 약 올라 있는 걸 알면 더 놀릴 거예요.

"야, 우리 이제 지우개 전쟁하자!"

장군이가 말했어요.

"어떻게 하는 건데?"

"이렇게!"

장군이는 나머지 지우개를 다 꺼내어 나만이에게 마구 던지기 시작했어요.

"지우개 폭탄이닷! 발사!"

"잠깐만! 에잇!"

나만이도 그걸 주워서 다시 장군이에게 던졌어요. 아까 따낸 아이들 지우개도 막 던졌고요.

지우개는 이미 지우개가 아니었어요. 전쟁터 무기였지요.

구경하다가 지우개에 맞은 아이들이 아프다고 볼멘소리를 했지만, 장군이와 나만이는 지우개 전쟁하느라 신경도 쓰지 않았어요.

순식간에 교실은 아수라장이 되었어요. 지우개가 여기저기로 슝슝 날아 다녔지요.

“선생님 오신다!”

누군가 외치자 장군이도, 나만이도, 구경하던 아이들도 모두 자리에 앉았어요.

“자, 교과서 펴세요.”

수학 시간이 시작되었어요.

선생님께서 문제 푸는 방법을 설명해 주셨어요. 그러고는 익힘책 문제들을 각자 풀어 보라고 하셨어요.

다 푼 다음에는 짝과 서로 바꾸어 채점을 했어요.

장군이는 다섯 문제 중 세 개나 틀렸어요. 다시 고쳐서 풀고, 선생님께 검사를 받아야 해요.

앗, 그런데 장군이 필통 안에 지우개가 하나도 없어요. 스무 개나 되는 새 지우개가 다 없어진 거예요. 틀린 답을 지워야 하는데 어떡해요.

교실 바닥을 이리저리 둘러보아도 그 많던 지우개는 하나도 보이지 않았어요.

“나…… 지우개 좀 빌려 주라.”

장군이가 공주에게 모기 소리로 말했어요.

“싫거든. 나 아까 네가 던진 지우개에 맞았단 말이야.”

어휴, 공주는 정말 깍쟁이예요.

할 수 없이 이번에는 나만이에게 신호를 보내 봤지만 이쪽을 쳐다보지도 않아요.

“왕장군! 왜 그렇게 두리번거리니? 다 고쳤니?”

“아, 아니오.”

선생님이 장군이에게 가까이 다가왔어요.

“안 고치고 뭐 하니?”

“사실은 지우개가…… 없어서요.”

“뭐? 지우개는 필통 안에 항상 갖고 다녀야 하는 준비물이잖아. 짝꿍에게 빌리든가.”

“장군이 아까 지우개 따먹기하다 다 잃은 거래요.”

공주가 잽싸게 선생님께 일렀어요.

장군이는 결국 교실 뒤에 나가서 벌을 섰어요.

　뒤에 서서 보니 아이들 발밑에 장군이의 지우개들이 떨어져 있는 게 보였어요. 지우개가 너무 작아서 아이들은 발로 지우개를 밟고 있는 것도 모르나 봐요.

　'아, 저거 다 내 건데…….'

　지우개들은 먼지와 때가 묻어 모두 새까맣게 헌 지우개처럼 변해버렸어요.

　장군이는 눈물이 핑 돌았어요.

　수업이 끝나고 청소 시간이 되자 장군이는 잽싸게 책상 아래 엎드려 지우개

들을 다 주웠어요.

"발 좀 치워 봐."

"야! 내 지우개 밟지 마!"

"휴, 먼지가 잔뜩 묻었네."

장군이는 화장지로 지우개를 하나씩 다 닦아서 필통에 담아 두었답니다.

"이제 다시는 지우개로 장난치지 않을 거야!"

장군이는 큰소리로 혼잣말을 외쳤어요. 아이들이 쳐다보든 말든 말이에요.

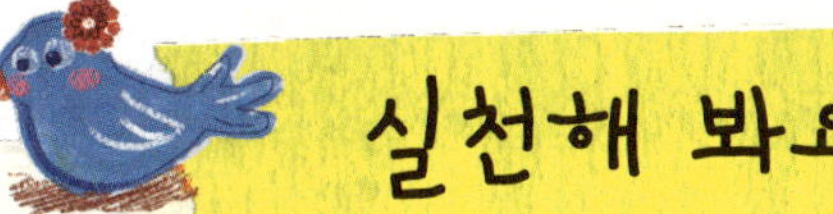



# 어린이가 아껴 쓸 수 있는 것들

● **몽당연필 버리지 않고 쓰기 :** 연필이 짧아지면 왠지 쓰기 싫어지죠? 하지만 자꾸 새 연필만 꺼내 쓰는 건 낭비랍니다. 짧아진 연필에 깍지를 끼워 써 보세요.

● **책 깨끗이 보기 :** 책에 낙서하기, 침 묻혀 넘기기, 음식물 먹으며 보기, 함부로 다루어 찢어지게 하기. 안 돼요! 나무를 베어 만드는 책인데 소중히 다루어야죠? 깨끗이 보고 다른 사람에게 물려주기, 어때요?

● **구멍 난 양말 꿰매어 신기 :** 양말이 작아지지도 않았는데 구멍이 났다고 버리면 안 돼요. 살짝 꿰매어 신으면 더 오래 신을 수 있어요.

● **안 쓰는 전기 코드 뽑기 :** 외출을 할 때, 오랫동안 쓰지 않는 전기 제품은 코드를 뽑아 놓아야 에너지를 절약할 수 있어요.

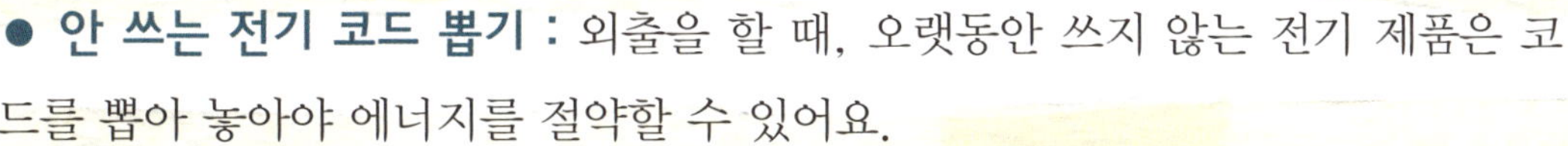

● **수돗물 받아서 쓰기 :** 세수하거나 손 씻을 때, 샤워할 때는 물을 계속 틀어 놓지 말고 대야에 물을 받아서 사용해 보세요. 이것도 습관이 되면 편리하고, 물도 절약할 수 있답니다.

● **화장지 조금씩 쓰기 :** 한 번 쓰고 버리는 화장지보다는 손수건을 사용하는 게 좋아요. 화장지를 써야 하는 경우라면 몇 칸씩 정해 놓고 뜯어서 써 보세요.

● **안 쓰는 물건, 친구와 바꿔 쓰기 :** 나에게는 필요 없어진 물건도 친구에게는 필요한 물건이 될 수 있어요. 내키는 대로 버리지 말고 누구에게 필요한 물건은 아닌지 다시 한번 생각해 봐요.

독서 습관
책 읽기
선물!
9
엄마가 골라 주는 책은
다 재미없어

한가로운 토요일 오후예요.

나만이는 엄마랑 나리랑 텔레비전을 보고 있었어요.

"띵동. 택배 왔습니다."

엄마가 부리나케 달려 나가 커다란 상자를 받아 왔어요.

"엄마, 그게 뭐야? 내 옷이야?"

나리가 폴짝폴짝 뜁니다.

"아니, 오빠 책이야."

"내 거는? 치! 오빠만 사 주고."

나리는 삐쳐서 소파에 가서 엎드렸어요.

그때서야 나만이는 어슬렁어슬렁 나옵니다.

"나만아, 엄마가 월급의 반을 털어서 네 책 샀다. 잘 읽고 나리한테 물려주렴."

엄마는 콧노래를 부르고 신이 났는데, 나만이는 하나도 기쁘지 않아요.

엄마가 사는 책들은 뻔하잖아요. 지루하고 글자 많은 책들이겠지요. 엄마가 사오는 책은 너무 권수도 많고 내용도 어려워서 읽기 전부터 벌써 질리는 기분이라니까요. 지금까지 사 온 책들은 모두 다 그랬다고요.

"짜잔!"

역시나, 엄마가 꺼낸 책들은 과학, 사회를 주제로 한 수십 권짜리 책이에요. 거기에다 학교 권장 도서 목록에 있는 책들까지요!

"나만아, 엄마한테 '고맙습니다' 해야지?"

"치, 엄마가 골라 주는 책은 다 재미없어."

나만이는 고맙기는커녕 숨이 턱 막혔어요. 저거 다 읽고 또 독서록 쓰라고 하시겠지요?

“얘가 이게 얼마짜린데 그래? 엄마가 힘들게 일해서 번 돈으로 샀는데.”

엄마는 책장 안에 가지런히 책들을 정리해 넣기 시작했어요.

나만이는 책을 하나하나 살펴보았어요. 재미없어 보이는 책들만 한가득 있어요.

“에이, 만화책은 한 권도 없잖아요!”

나만이가 짜증을 냈어요.

“넌 왜 만화책만 좋아하니? 커서 뭐가 되려고 그래? 책을 골고루 읽어야지.”

“엄마는 말이 안 통해요. 만화책만 읽으면 커서 뭐가 되는데요? 만화책이 얼마나 많은 지식을 알려 주는데요! 요즘에 학습 만화도 많잖아요.”

나민이는 여기까지 나다다 퍼붓고는 방에 들어가 블록 쌓기를 했어요.

“엄마는 꼭 나한테 불어보지도 않고 맘대로 책을 사더라.”

나만이는 놀면서도 계속 투덜거렸지요.

엄마는 한 번도 나만이가 사고 싶은 책은 사 주지 않았어요.

학교 도서관에서도 만화책은 빌려 주지 않아요. 읽고 가는 건 되지만요. 그럴 거면 뭐 하러 갖다 놔요? 서점에 가면 만화책은 비닐에 싸여 있어요. 보지도 못하게요. 그럴 거면 만화책은 뭐 하러 만들어요?

나만이는 생각할수록 화가 났어요.

"나만아, 엄마 시장 다녀올게. 나리랑 사이좋게 놀고 있어."

"……네."

나만이는 마지못해 대답을 하고, 계속 혼자 놀았어요. 나리가 놀아달라고 하기 전에 먼

저 놀아 줄 필요 있나요? 다섯 살짜리랑 노는 건 시시하잖아요.

그런데 시간이 한참 지나도 나리가 조용해요. 나만이 방에 안 들어와요.

"잠들었나?"

나만이는 나리가 뭘 하는지 궁금해서 거실로 나왔어요.

그런데 이게 웬일이에요?

나리가 책장 앞에 앉아서 엄마가 새로 사 온 책들을 하나씩 읽고

있잖아요! 한글도 잘 모르면서 말이에요. 나만이가 옆에 온 것도 모르고 책만 보고 있어요. 그림만 봤겠지요, 뭐.

"나리야, 너 여태 책 봤어?"

"응, 오빠. 나 이 책 좀 읽어 줘."

나리가 내민 책은 엄마가 사온 책 중에 〈아이스크림 만드는 공장〉이라는 그림책이었어요.

"이리 줘 봐."

나리에게 읽어 준다고 읽다 보니 나만이도 재미있었어요. 공장에서 만든 아이스크림이 어떻게 우리 입까지 들어오는지 잘 알려 주는 책이었지요. 그림도 재미있고 정말 신기했어요. 모르는 사실을 알게 되니 머리에 지식이 쌓이는 것 같기도 했고요.

책을 다 읽자 나리가 금세 책 한 권을 빼 들고 왔어요.

"오빠, 이것도!"

이번에 내민 책은 〈책 먹는 하마〉예요. 창작 동화라고 써 있어요.

나리가 읽기엔 어려울지도 몰라요.

"좀 두꺼운데 괜찮아?"

"괜찮아. 빨리 읽어 줘!"

“알았어.”

어느 한적한 마을에 매우 덩치 큰 하마가 살고 있었어요.

하마가 왜 이렇게 덩치가 큰가 했더니 책을 많이 먹어서 덩치가 크대요.

하마는 책이 무엇인지도 모르나 봐요. 하마는 책만 보면 입 속으로 집어넣기 바빴어요. 자기가 가진 책을 다 먹고 나자, 이번엔 친구들이 읽는 책을 빼앗아 닥치는 대로 먹었지요.

어느 날, 하마는 몰래 도서관에 들어갔어요. 도서관에 책이 많다는 걸 얼마 전에야 알았거든요.

“이야! 먹음직스러워. 여긴 정말 행복한 곳이야!”

여기엔 친구들이 읽던 책 말고도 정말 많은 종류의 책들이 수도 없이 꽂혀 있었지요. 세상에 있는 모든 책이 여기에 다 있는 것 같아요.

하마는 책을 한 권, 한 권 씹어 먹기 시작했어요. 제목 같은 건 거들 떠보지도 않았어요.

그런데 하마 입보다 더 큰 책이 한 권 있었어요. 그건 바로 〈지구에 관한 모든 것〉이라는 책이었어요.

지구가 얼마나 넓으면 지구에 관한

책도 이렇게 큰 걸까요?

하마는 입을 크게 벌리고 책을 넣으려 했어요.

"욱!"

책이 너무 큰 나머지 어떻게든 한입에 넣어 보려고 했지만 쉽지 않

았어요. 책을 입에 밀어 넣었더니 하마의 입이 찢어질 만큼 늘어났어

요. 늘어난 입이 너무 아파서 눈물이 찔끔 났어요.

"에잇, 무슨 책이 이래? 엉터리야!"

하마는 화가 나서 책을 던져 버렸어요.

책은 저만치 날아가 반으로 툭 펼쳐졌어요. 펼쳐진 책 한가운데에는 지구에서 가장 아름다운 나라, 무지개 나라 그림이 알록달록 그려져 있었어요.

"어? 여기가 말로만 듣던 환상적인 무지개 나라구나?"

하마는 가까이 다가가 무지개 나라 그림을 자세히 훑어보았어요.

거기엔 그림뿐 아니라 무지개 나라에 사는 멋진 동물들과 꽃과 나무들에 대해서도 자세히 소개되어 있었어요.

"이야! 나도 꼭 무지개 나라에 가 보고 싶어!"

하마는 눈을 감고 무지개 나라를 여행하는 꿈에 빠졌답니다.


듣고 있던 나리가 하마처럼 하품을 했어요. 그러더니 뒹굴뒹굴하다가 소파에 누워 잠이 들었어요. 나리는 잠이 들었지만 나만이는 다음 내용이 궁금했어요.

나만이는 나리가 잠이 깰까 봐 여기부터는 소리 내지 않고 끝까지 책을 다 읽었어요.

그러고는 뽑았던 책들을 책장에 꽂으러 가는데, 엄마가 장바구니를 들고 집에 들어왔어요.

"다녀오셨어요?"

엄마는 나만이 손에 늘린 책을 보고 눈을 크게 떴어요.

"어? 우리 나만이, 엄마가 사준 책 읽고 있었니?"

"네. 생각보다 재밌어요!"

엄마는 흐뭇한 표정으로 나만이의 머리를 쓰다듬었어요. 나리는 여전히 쿨쿨 자고요.

"나만아, 책 읽는 모습이 참 보기 좋구나. 그렇게 책을 골고루 읽으니 앞으로는 엄마가 만화책도 가끔 사 줄게. 잘 생각해 보니 네 말대로 만화책이 다 나쁜 건 아닌 것 같아."

"정말이요? 아싸!"

나만이는 신이 나서 방방 뛰어 다녔어요. 그 소리에 나리도 잠에서 깨어 덩달아 콩콩 뛰어 다녔지요.

나만이는 냉장 책장 앞으로 가서 읽고 싶은 책을 또 한 권 고르기 시작했어요.

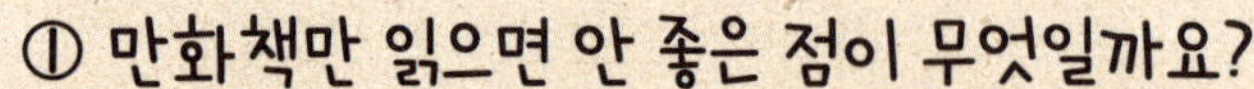

# 책, 골고루 읽어요.

- **창작 동화**

  우리 생활에서 일어날 법한 이야기, 또는 상상 속에서 벌어질 듯한 이야기를 작가가 지어낸 재미난 이야기예요.

- **동시**

  어린이의 마음을 운율 있는 언어로 표현한 시예요.

- **그림책**

  글보다 그림 위주로 된 아름답고 재미난 책이에요.

- **인물 이야기**

  우리가 알아두면 좋을 인물에 관한 이야기예요. 위인전이라고도 해요.

- **옛이야기**

  예부터 전해 내려오는 우리 조상의 지혜와 교훈이 담겨 있는 이야기예요.

- **정보책**

  환경, 과학, 수학, 예술 등 다양한 분야의 정보를 제공하여 지식을 쌓는 데 도움을 주는 책이에요.

- **만화책**

  흥미 위주의 내용도 많지만, 요즘은 과학·사회·역사·영어·수학 등 거의 모든 분야를 다루는 학습 만화도 참 많아요.

장군이, 나만이, 공주의 이야기 재미있게 읽었나요? 일상 속에서 여러분의 생활 습관은 어떤가요? 잘 씻지 않고, 좋아하는 음식만 먹는다거나 또는 오늘 할 일을 내일로 미루지는 않나요? 여러분의 습관을 아래의 표로 체크해 봅시다.

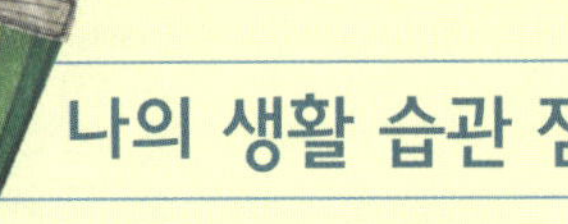 나의 생활 습관 점검하기 

- ☐ 자기 전 알람을 맞춰 놓고 다른 사람이 깨우기 전에 먼저 일어난다.
- ☐ 지각이라는 말은 내 사전에 없는 말이다.
- ☐ 싫어하는 반찬이 있더라도 식사 준비해 주신 분을 생각해서 투정하지 않고 잘 먹는다.
- ☐ 나의 건강을 위해 치킨, 햄버거 등 패스트푸드는 잘 먹지 않는다.
- ☐ 화가 나더라도 친구에게 욕을 하지 않는다.
- ☐ 밖에서 놀다 왔을 때나 밥 먹기 전에 손을 씻지 않으면 찜찜하다.
- ☐ 손톱, 발톱이 5mm이상 길면 바로 깎아야 직성이 풀린다.
- ☐ 일단 숙제를 먼저 하고 놀아야 마음이 편하다.
- ☐ 학교 준비물은 전날 미리 가방에 담아 놓는다.
- ☐ 시험 때 벼락치기로 공부하면 힘드니까 학교에서 배운 내용은 바로 복습한다.
- ☐ 나의 눈은 소중하니까 컴퓨터 게임이나 TV시청은 시간을 정해 놓고 한다.
- ☐ 내 방 정리 정돈은 스스로 한다.
- ☐ 썼던 물건은 제 자리에 갖다 놓는다. 안 그러면 다음에 못 찾는다.
- ☐ 나의 용돈은 한정되어 있기 때문에 물건은 함부로 버리지 않고 아껴 쓴다.
- ☐ 나는 여러가지 책을 골고루 재미있게 잘 읽는다.

### 아니, 이럴 수가! 이보다 더 나쁠 수는 없네요!

규칙적이고 바른 생활 습관을 가지고 있어야 몸도 마음도 튼튼한 어린이가 될 수 있어요! '세 살 버릇이 여든까지 간다'는 말 알죠? 나쁜 습관은 하루빨리 고치도록 하세요!



### 자기 습관이 나쁜 건 알고 있지만 잘 고쳐지지 않지요?

바른 생활 습관이 중요하다는 것은 알지만 마음처럼 잘 지켜지지는 않죠? 하지만 여러분에게는 충분히 가능성이 있어요. 조금만 더 분발하세요!

### 참 잘했어요! 좋은 습관 가지기, 앞으로가 더 중요해요!

바른 생활 습관이 중요하다는 것을 알고 그것을 잘 실천하고 있네요. 가끔은 선생님과 부모님께 칭찬도 받고요. 여러분의 생활 습관은 칭찬받을 만합니다.

### 정말 대단해요! 이보다 더 좋을 수 없을 정도로 바른 습관을 가지고 있네요!

이미 충분히 바른 습관을 가진 당신. 다른 사람이 시키지 않아도 자기 일은 자기가 알아서 척척 하고 있군요. 친구, 부모님 모두 당신을 자랑스러워 할 거예요. 앞으로도 지금처럼 좋은 습관을 유지하도록 해요.

저학년을 위한 **9**가지 **생활 습관** 동화

# 발가락 사이 쑤시기는 정말 재밌어!

글 윤정 | 그림 노은정

**펴낸날** 2012년 9월 10일 초판 1쇄 | 2012년 12월 10일 초판 2쇄

**펴낸이** 김상수 | **기획·편집** 고여주, 위혜정, 김경진 | **디자인** 정진희, 김수진 | **영업·마케팅** 황형석

**펴낸곳** 루크하우스 | **주소** 서울시 성동구 성수 2가 3동 277-58 성수빌딩 311호 | **전화** 02)468-5057~8 | **팩스** 02)468-5051

**출판등록** 2010년 12월 15일 제2010-59호

www.lukhouse.com  cafe.naver.com/lukhouse



ISBN 978-89-97174-39-3  63800

※ 잘못된 책은 구입처에서 바꾸어 드립니다.
※ 값은 뒷표지에 있습니다.

상상의집은 (주)루크하우스의 아동출판 브랜드입니다.